# ストロベリームーン

## ―精霊のいた夏―

藤堂 良

*TODO Ryo*

文芸社

# ストロベリームーン　―精霊のいた夏―　◇　目次

# プロローグ

この星は何かに侵されている。

ここ数年の大雨による河川の氾濫や土砂崩れ、熱波、火山の噴火、地震など、世界各地の異常気象や災害をみると榊谷琳太郎《さかきだにりんたろう》はそう思わずにはいられない。

星が叫び声を上げている。神々が怒っている。これまで比喩的な表現として使うことはあっても、そんなことを本気で考えてもいなかった。

この異常な気象と災害の原因は科学的にも分析をされているのだ。

オゾン層の破壊による紫外線の増加や温室効果ガスによる地球温暖化。その影響による気候変動や海水面の上昇。地震や火山活動も地球規模で活性化する周期に入ったのではないかと指摘されているところだ。

確かにそうなのだろう。おそらく少し前なら琳太郎はそのことを疑いもしなかった。

でも、本当にそれだけなのだろうか。

今、自分たちが直面しているさまざまな現象は、データを集積して導き出された無機質な原因だけで語ることができるのだろうか。

星の命だとか、神々の意志だとか、本気になって人前で語ると、非科学的だとか民話や伝説の世界だとか笑いものにされるか、そうでなければいかがわしい宗教団体に洗脳されているのではないかと疑われるのがオチだろう。

琳太郎もあの時まではそう思っていた。あの夏を過ごすまでは。

あの夏、琳太郎たちは人生を大きく動かす、どうにも説明のつかない出来事に遭遇した。

それは自分たちの生きているこの世界が、あらがえない何か大きなものの意志によって動いているのではないかと感じさせられるに十分な出来事だった。

あれは琳太郎たちが十八歳。高校三年生の夏のことだった。

# 1　流れゆく時の中で

新学期が始まった。今年一年は受験勉強に力を注がなければならないと琳太郎は覚悟を決めて臨んだ始業式だ。数学が大の苦手な琳太郎は、文系大学への進学と決めてはいたものの、受験先はまだ決めていない。いくつか候補はあるが、どこに進学するにしても住みなれた故郷《ふるさと》の町をあとにしなければならなかった。生まれ育った日向《ひなた》町近隣には大学がないので、おそらく東京近辺に出て行くことになるのだろう。

当然のことながら、これまで共に過ごしてきた仲間たちとも離ればなれになる。特に物心ついた頃からいつも一緒だった、幼なじみの篠田《しのだ》未咲希《みさき》や熊沢《くまざわ》拓也《たくや》と離ればなれになることなど今はまだ想像もできない。

琳太郎の家はこの地域の旧家で昔は庄屋だった。拓也の家は分家で父は町役場勤めをしている。今はこぢんまりと衣料品や雑貨を扱っている商店だが、未咲希は代々続く商家の娘だ。家が近く、家同士が昔から親戚のような付き合いをしていることもあって、三人は同じ歳ながら兄妹のように育てられてきた。お互いの親が忙しい時にはいずれかの家に預けられ、三人で寝泊まりをしたり、風呂に入れられたりもした。これまで三人の誰かがいなかったり離ればなれになったりした経験がなく、そうなることが想像できないのだった。

未咲希には四つ上の姉がいて一緒に遊ぶこともあったが、そうでない時は、彼女がいつも機転の利く姉さん役で、他の二人を仕切っていた。お姫様になった未咲希に琳太郎と拓也が交代で王子役を務めることもしばしばだった。

大きくなってからの彼女は、物知りで理論派。学校の成績もかなりいい。彼女の話は往々にして難しくなりすぎ、琳太郎はついていけなくなってうんざりしてしまうこともある。

琳太郎はというと熟慮断行といえば言葉は良いが、時間をかけても一歩が踏み出せないことのほうが多く、未咲希をいつも苛つかせていた。反対に拓也は直情径行だったので、二人を合わせて半分にしたらちょうどよいなどと未咲希は嘆くのだった。だがその性格が表立ってあらわれることも成長とともに少なくなってきてはいる。


「琳《りん》、久しぶりに日那多《ひなた》神社まで行ってみない？」

授業が終わった教室で鞄に荷物を詰めていると未咲希に声をかけられた。ふっくらとした未咲希の顔が琳太郎をのぞき込む。クリッとした二つの目、鼻の下に突き出た厚めの唇の彼女は、美人というより、どちらかというと愛らしい。

日那多神社は町の北側に構える標高一三二二メートルの日向山《ひなたやま》の麓にある。石段の上に簡素な木製の鳥居があり、木々に囲まれた境内《けいだい》の奥に、人一人が入れるくらいの社《やしろ》がひっそりと建っていた。例祭以外は町の人もあまり訪れることのない、忘れられたような場所だ。

社の裏の大岩には子供が入れるくらいの窪みがあり、小学生の頃、三人はそこに秘密基地をつくっていた。周りが木々に囲まれ、ひっそりと静まりかえった境内は、夏には蟬の声が降り注ぎ、秋になると落ち葉が地面を覆った。冬は梢の間から温かな陽が差し込み、春になると木々が一斉に芽吹いて、大きな楡《にれ》の木には赤い小さな花がつく。四季折々に美しく姿を変えるその場所で遊んでいると、目に見えない何かに包み込まれているような気がする不思議な空間だった。

「何で日那多神社なんだ？」

もう、長い間訪れていないなと琳太郎は思った。最後に神社の石段を踏んだのは小学校卒業の頃で、中学生になると三人での秘密基地遊びはすっかり色褪せてしまった。秋になると、その日が来るのを指折り数えて待っていた例祭にも足を運ばなくなり、かなりの時が経つ。

未咲希が目だけで笑っていた。

「だって、大事な一年が始まったんだよ。しばらく行っていないし、あそこ、私たちの守り神でしょ。小学校の時にそう決めたじゃない。だから良い一年にしてもらえるようにお願いに行かなくちゃ」

「お前が神頼みだなんてどうかしたのか？　神様は俺たちのことなんか、忘れてしまったんじゃないか」

「そんなことないよ。それに……」

「それに？」

笑っていた目に影が差し、少し考えたあと、未咲希は首を振った。

「やっぱり何でもない」

琳太郎はあえて問い詰めなかった。未咲希にはたまにあることだ。言おうと思ったけれど、よく考えたらどうでも良いことで馬鹿にされそうだったり、反対にとっても大切なことで今はまだ話さないほうが良いと思い直したりもする。伝えなければならないことであれば、いつか時を見て必ず未咲希は話すということを長い付き合いの琳太郎は知っていた。

「じゃあ、拓《たく》も誘わないとな」

「誘わなくたって、すぐに来るよ」

拓也は隣のクラスだが、帰りは大概三人一緒なので、準備が終わると琳太郎と未咲希の教室に飛んでくる。

「おうっ、帰ろうぜ」

廊下から太い声がした。

「ほら、ねっ」

未咲希の顔が綻んだ。

「何がほら、ね、なんだ？　俺のこと、いい男だって噂してたのか」

教室に入り拓也が二人の所へやってくる。

「そんな感じ。ま、いい男かどうかは別にして」

未咲希の返答に琳太郎は軽く声を出して笑った。

「拓、未咲希がな、帰りに日那多神社へ寄っていこうって」

「日那多神社？　何でまた突然」

琳太郎はさっきの未咲希の言葉を拓也に伝えながら、やはり今年一年の祈願だけではなく、未咲希が思うところが他にもあるのだろうと感じていた。

「久しぶりだからなあ。俺たちの願いなんて聞いてくれるかなあ」

拓也は未咲希の語ったことで納得してしまったようだ。

「そうと決まったら、さ、行こうよ」

未咲希に促されて琳太郎は席を立った。


境内へ続く石段を見上げた。周りの木々は柔らかな緑色の葉を伸ばし始めている。

「なんか、綺麗だね」

「ああ、いつもこの辺りを通るけれど、今年は特別に綺麗に見えるなあ」

「私も同じ。なぜだろう」

琳太郎は中学校時代の教師の言葉をふっと思い出す。

「今、お前たちは末期《まつご》の眼になっている。校庭に転がっている石ころ一つ、机の傷一つでさえも美しく、愛おしく見えてくるはずだ」

卒業間近の生徒に国語の授業で語っていた。死にゆく者の前では、世界はことさら美しく、愛おしく見えるというようなことを書いた作家がいたそうだ。それを「末期の眼」というらしい。

「末期の眼、かな」

ぼそっと呟く。自分たちは、今、その眼で見ているのかもしれない。死を目前にしているわけではないけれど、遠からず訪れる別離が心にフィルターをかけ、あらゆるものを美しく見せている。そんな気がした。

感傷に浸っていると、黙って聞いていた拓也が口を開いた。

「俺にはちっともわからん。いつもとどう違うんだ？」

「うるさい！　拓は鈍いからわからないんだよ」

口を尖らせた未咲希が階段を上り始めた。子供の頃はもっと長い階段のような気がしていた。一段一段がずっと高かった。自分が変わったのだ。成長したということだろうか。

穏やかな風が体を包み込んだ。

「えっ」

突然、琳太郎が立ち止まった。

「どうしたの」

　不思議そうに未咲希が尋ねる。

「上に誰かいるのかな。今、声が聞こえなかったか」

「何も聞こえなかったけど」

　未咲希の言葉を遮って拓也がとにかく上へ行ってみようと促した。

　石段を上りきる。誰もいなかった。古びた社。その後ろの大岩。落ち葉が張り付いている湿り気のある境内。それを囲むように伸びている木々。太い楡の木。あの頃と変わっていないようだが、何かが違っている。幼い頃感じた何かに包まれているという不思議な感覚に囚われることはもうなかった。

「なあ、ここ、もっと広くなかったか」

　拓也が境内を見回しながら二人に尋ねた。

「確かに、もっと広かったような気がする。でも……」

　琳太郎の言葉が終わらないうちに未咲希が言葉をつないだ。

「あんたの体がバカでかくなったからでしょう。だからそう感じるのよ」

「そうなのかなあ」

　首をひねる拓也を見ながら彼女は続けた。

「中学生になってしばらくしてから小学校へ三人で行ったことがあったよね」

「うん」

琳太郎は覚えていた。あの時と同じだ。

「ああ、そうだ。先生に会いに行ったたっけ」

拓也も思い出したようだ。

「あの時、教室へ入れてもらって、三人で話したじゃない。机や椅子はこんなに小さかったかなって。階段はこんなに低かったかなって」

そうなのだ。あの時は確かにそう感じた。やはり、自分たちが大きくなったのだと思った。

子供の頃にここで遊んでいる時は、境内を取り囲む木々や大きく見えた社に抱擁され、温かな空気が体の中に流れ込んでくるように感じていた。母親の胎内にいた時のことなど覚えていないが、もし覚えているならこんな気持ちなのかもしれないと思ったものだ。

笛を細くふるわせるようなトンビの声が空に響いた。

三人は振り向いて眼下に広がる自分たちの故郷を眺める。春霞がかかってはいるが、家々の屋根が光を反射してきらきらと輝いている。駅前の商店街の間を車が走り抜けて行くのが見えた。反対側の山々の麓を流れる川。幼い頃、ここから町を見下ろすと、まるで別世界からこの星の暮らしを眺めているような気持ちになったものだ。

「俺さ、ここから眺める町の風景が好きなんだなあ」

「私もたまらなく好き」

「ああ」

拓也の思いのこもった言葉に琳太郎も未咲希も頷いた。幼い頃から見慣れた風景なのに、今見ても美しい町だと思う。

「この風景を見ておきたかったんだ。お参りだけじゃなくて」

未咲希の胸の中にはどんな思いが渦巻いているのだろう。教室で言い淀んだことと関係があるのかもしれない。

「さあ、お参りしようよ」

未咲希の声にはじかれたように、三人で社へ向かう。あの頃と比べたらずっと狭く感じる境内を石畳に沿って進み、三人並んで手を合わせた。風が通り抜けた。木々の枝が揺れている。さっき石段を上っている時、人の声に聞こえたのはこのざわめきだったのかもしれないと琳太郎は思った。

「ねえ、進路が決まるようにちゃんとお願いした？」

「当たり前だろう。それと、未咲希とずっと一緒にいられるようにって」

拓也が未咲希と目を合わさずにサラリと言った。

「それって、どういう意味？　琳とは？」

「あっ、琳のことは忘れてた」

拓也が頭をかく。

「ばか」

未咲希が手を挙げて拓也を叩くまねをする。拓也は大きな体をかがめて逃げ出す素振りを見せた。

一年後、自分たちはそれぞれ別々の道を歩んでいるだろう。再び三人でここから故郷を見下ろすことがあるだろうか。もしかしたら、今日が最後なのかもしれない。いや、この町を離れる前に、きっと、三人でまた訪れるに違いない。その時が別れの時だ。そう思うと琳太郎は少し切なくなった。

「秘密基地へ行ってみよう」

拓也が歩き出そうとする。

「ちょっと待って」

未咲希は社の右に生えている大きな楡の木に走り寄り、太い幹に手を当てて見上げる。注連縄が巡らされているので御神木であることが一目でわかる木だ。枝は横に張り出さず天に向かってすっくりと伸びている。樹齢を感じさせるには十分な高さがあった。

「この木もずっと私たちを見守ってくれているんだよね」

「未咲希、お前、何か少し変じゃないか。いつものお前じゃないぞ。突然ここへ来たいなんて言うし、今は今で……」

拓也も楡の木に近づいて行った。琳太郎には何となく彼女の気持ちがわかるような気がした。

あと一年。その思いが不意に彼女の胸に流れ込んできているのに違いない。

「木の実が置いてある」

楡の木を一回りしている未咲希が根元で見付けて声を上げた。秋に落ちた実を拾ってきたのだろう。自然に転がったのではなく、明らかに誰かがそこに集めたとしか思えなかった。

「町の子供たちが遊びに来て置いたんだろう。俺たちも昔、やったからな」

どんぐりをポケット一杯に集めてきて、社や楡の木の前に積み上げて置いたことを琳太郎は思い出していた。

「そう言えばやったね。あれ、何だったんだろうね。お供え物のつもりだったのかな」

未咲希も思い出したようだった。

「じゃあ、俺たちの後輩がここに遊びに来ているってことか」

「後輩っていうか、後継ぎというか。まあ、子供の考えることは似たり寄ったりで同じなんだよ」

「そうかもな。子供には見えて大人になると見えなくなるものってあるような気がするもんなあ」

拓也にすかさず未咲希が問いかけた。

「そんなものあるのかなあ。拓は何かあったの？」

問われた拓也は頭を抱えた。

「琳は？」

「わからないけど、そう言われればあったような気もする」

「あった、あった。小人とか妖精とか座敷童《ざしきわらし》とか。それとサンタクロースも」

大きな声で拓也が答えた。未咲希は横目で彼を睨む。

「お伽話の世界のことでしょう。本当に見たわけじゃないよね」

「そうだけど。でも、サンタクロースはいたな」

未咲希が鼻で笑った。

「それって、誰のことか知っているよね。まさかその歳になって知らないなんて言わせないぞ」

拓也の大きな体がどんどんしぼんで小さくなっていくようだ。

「秘密基地へ行くんだろう」

見かねて琳太郎が助け船を出した。

「そうだった。そうだった。行ってみよう」

未咲希から逃げるように拓也は神社の裏手へ回る。琳太郎と未咲希があとを追うように回り込むと、いきなりそこに拓也が立ち止まっていた。

「お、おい、今、何か白いものがいた」

「白いもの？　何、それ」

「わからないけど、白い透明な何かがすっと消えた」

「まさかあ。それは夢、だな」

　琳太郎が茶化す。

「どうせ、小人とか、妖精とか座敷童とかサンタクロース、でしょ」

　未咲希がさっきの言葉の揚げ足を取ったが拓也は何も言わずにたたずんでいる。

　レジ袋か何かが風に飛ばされたのを、瞬間的に見間違えたのだろうと琳太郎は思った。

「さあ、行くぞ」

　拓也を引っ張るようにして秘密基地の前に立つ。ここも、昔はかなり広く感じていたのだが、今では三人が揃って入れるほどの広さはない。

「みんな変わってしまうんだな」

　琳太郎はため息まじりに呟いた。

## 2　謎の少年

山辺羅来留《やまのべらくる》が琳太郎たちの高校に転入してきたのは六月の声を聞いてまもなくだった。転入などこれまでに一度もなかったクラスは、朝、担任に連れられ教室に入ってきた彼を見てざわめき立った。ましてや受験を控えた進学校の三年生だ。この時期に転入とはよほどの事情があるはずだと誰もが思っていた。

だが、彼を見てみんなはすぐに言葉を失い、教室の中は水を打ったように静まりかえった。彼の名が風変わりなこともさることながら、容姿がどこにでもいる高校生からは程遠く、異様な雰囲気を漂わせていたからだ。

夏はこれからだというのに、すでにひと夏分の日焼けをしたような褐色の肌。太く濃い眉と目鼻立ちがくっきりとした彫りの深い顔立ち。それに相反するように、体は気の毒なほど小さくて華奢だった。あまりのアンバランスな姿に彼を見た者は誰もが一瞬凍り付いた。目は暗く沈み、何かに怯えるように絶えず辺りをうかがっている。無造作に切っただけの髪は、目の前までかかり、ますます陰鬱な雰囲気を醸し出しているのだった。

教室の前に立っている間もみんなの顔を見ることなく、視線を床に這わせている。

羅来留は担任から名前を紹介されたあと、自己紹介をするでもなく、俯《うつむ》いたまま声も出さずに軽く頭を下げ、みんなの視界から早く逃れたいとでもいうように指示された琳太郎の隣の席へ座った。椅子を引いた時に、彼を目で追っていた琳太郎と一度だけ視線が重なったが、すぐにそれを逸らしてそのあとは机の上を見つめているばかりだった。

初めこそみんなはこの謎の少年の正体を暴こうと積極的に話しかけたが、彼はかろうじてわかる動作で頷いたり首を振ったりするだけで質問に何一つ答えなかった。そのうちに、前の学校でいじめに遭って転校してきたとか、被災して避難してきたとかいう話がまことしやかに囁かれはじめるようになった。

それでも彼は謎の少年のままだったし自分を語ることもなかったので、みんなの興味は急速に薄れ、教室はまるで転入生などいなかったかのように受験勉強に明け暮れる毎日へと戻っていった。

隣に座っている琳太郎は、授業中にその暗い瞳で窓の外を見つめ何事かを呟く彼の姿に、不思議な生物を見ているような感覚にとらわれ、その存在に興味を持たずにはいられなかった。

校門を入った左側に枝を水平に張りだした楡の木がある。樹齢数百年を越えているといわれるこの木は、学校を建てる時に伐採するか残すかという大きな渦に巻き込まれた。行政は伐採の方向で進めていたが、古くからの住民の強い意向があり、最終的には残されることになったそうだ。

町の人々が守ったこの木は、今では四階建ての校舎に届く高さにまで達し、幹回りは高校生三人が伸ばした腕でようやく囲めるほどに太くなっている。人の顔の高さで何本かに分かれた太い枝はさらに分岐し、今も青々とした葉を茂らせている。春には深紅の地味な花をつけ、初夏になると鋸のようなギザギザで縁取られた緑の葉で木陰をつくる。鳥や虫も多く訪れ、学校のシンボルとして校章にもデザインされている木だった。それだけに手入れはしっかりとされていて、周囲に芝が張られ、木の下は生徒の憩いの場にもなっている。

授業が終わって琳太郎が校門を出ようとすると、楡の木の下に人影があることに気づいた。足を止めてその姿を見ると、木に向き合い背中しか見えないものの、異様な姿は山辺羅来留だとすぐにわかった。

羅来留は、足を組み背筋を伸ばして座り、木に向かって何事か呟いている。やがて彼は両手を高く掲げ、掌を上にして何かを捧げるような仕草を繰り返し始めた。

(何をやっているのだろう)

これまでに感じたことのない静謐な空気に包まれながら琳太郎は思った。

校門を出て行く人々のざわめきも、部活で校庭を走り回っている生徒の声も、通り過ぎる車の響きでさえ、別の世界の音のように聞こえていた。

ふっと自分の意識が楡の木に取り込まれていくような不思議な感覚に陥った。

空を見上げた。

梅雨のこの時期、久しぶりに顔をのぞかせた青空の中を、真っ白な雲が流れていく。強い風が吹き抜けて葉をざわつかせる。それはまるで、映画のワンシーンのように遠い世界の映像として琳太郎の目に映っていた。

羅来留は座ったまま地面に両拳をつき、軽く頭を垂れている。

「おい、琳。何をボーッと突っ立ってんだよ」

不意に後ろから肩を引かれ、琳太郎は我に返った。輪郭がぼやけていた声や音が、堰を切ったように意識の中に戻ってくる。

拓也が後ろからがっしりとした手で琳太郎の肩を掴んでいた。その隣には未咲希が立っている。

「あんた、なんか変だったよ。具合が悪いの？」

細い腕が伸びてきて右の掌が額に添えられた。世話焼きの未咲希らしい。

「熱なんかないって」

琳太郎はその手を振り払い、再び木の下に目をやった。

「あれっ」

さっきまでそこに座っていた羅来留の姿はすでにない。

「どうしたの」

未咲希が怪訝そうに尋ねる。

「いや、何でもない」

三人は並んで楡の木の前まで歩いて行った。

木の下にはイチゴに似た小振りな実が大きな葉に盛られ、供え物のように置かれている。

「ラズベリーかな」

鮮やかな赤や黒、明るいオレンジ色の小さな実を見て、それが何であるのか未咲希はすぐにわかったらしい。

「イチゴの仲間だよね。食えるのかなあ」

拓也が屈んで親指の頭ぐらいの実をつまみ上げ、ペロッと舐めてからいきなり口の中に放り込んだ。

「ちょっと、拓！　何やってんの！」

未咲希が慌てて止めたが遅かった。

「もうっ、毒だったらどうするのよ」

「だって、ラズベリーなんだろ。イチゴの仲間って言ったじゃないか」

拓也は舌の上で果実を転がして味を確かめていた。

「イチゴの仲間って言ったのはあんたでしょ。私のせいにしないでよ。まったくぅ」

拓也のやることには、いつもハラハラさせられたり驚かされたりする。

「へへへ、そうだっけ。結構甘いよ、これ」

　理屈が通らないことは納得できない性格の未咲希曰く、柔道で体を鍛えている彼は、脳みそまで筋肉になっているのだそうだ。物事を深く考えずに反射的に体が動いてしまう。今も、食べられるのかどうかわからない実を口に入れて未咲希を慌てさせた。

「食べてみたら？」

　悪びれもせずに拓也は残りを二人の前に差し出した。琳太郎はその中から一粒つまみ上げ、じっくりと舐めるように眺めてから、恐る恐る口に入れすぐに吐き出せるように軽く噛んだ。わずかに酸味の残る甘さが口の中にじわっと広がっていく。

「うん、けっこういけるかも」

　琳太郎の言葉に誘われるように未咲希も持っていたベリーの先だけを、確かめるようにかじった。

「何だか、懐かしい味。イチゴの味に似てるけどそんなに酸味はないね」

　彼女は手に残った実をもう一度眺めてから口に放り込んだ。

「イチゴって冬から春先に実るんじゃないの？」

　小学生の頃、琳太郎は両親に連れられてイチゴ狩りに出かけたことがある。ミルクを入れた小さなカップを持って、真っ赤なイチゴを口いっぱいに頬張った。あれはまだ冬の寒さが残る時期だった。

「イチゴ狩りのイチゴはハウスで栽培してるから早いの。野生のイチゴが実るのはこの季節なんだよ」

「野生のイチゴって見たことないなあ」

拓也は二つ目の実を口の中に放り込んでいる。

「野生といってもねえ。日本だと野いちごの種類はクサイチゴやニガイチゴ、フユイチゴなどかな。もっともフユイチゴができるのは秋から冬にかけてだけれどね。このオレンジ色のはモミジイチゴかもしれないね」

さすがに未咲希はよく知っている。

「ブラックベリーとかもよく聞くけど」

琳太郎も負けじと聞いたことのある名前をあげてみた。

「ラズベリーはキイチゴ属のいくつかの種類の総称なんだって。クサイチゴやニガイチゴもその仲間。ブラックベリーもキイチゴ属なんだけどラズベリーとは違うみたいね。外国ではどちらも栽培されている種類が多いっていうけど」

「未咲希はよく知ってるなあ」

さすがに物知りだけのことはある。

「うん。実はね、最近、ジャム作りにはまっているのよ。それで少し調べたの」

「あっ」

拓也が突然声を上げた。

「俺、知っている野生のイチゴがあったよ」

「ブルーベリーとかって言うんじゃないでしょうね」

「それもベリーだなあ」

「ベリーって多肉の小さい実のことをいうから、みんながみんな同じというわけじゃないのよ。ブルーベリーや、マルベリーといわれる桑の実は同じベリーだけど種類が違うのね」

「でも、俺が知ってるのはそれじゃないよ。道端によく赤い実があるだろ。ヘビイチゴ」

拓也のドヤ顔に琳太郎は思わず吹き出してしまった。

「そうね。あれも野いちごの仲間だね。でもパサパサで全然おいしくないよ」

幼い子供に言い聞かせるように話す未咲希の声には笑いがこもっている。

「お前、食べたことあるのか」

季節になるとそこら中に赤い実がなっているが、ヘビイチゴなんていう名前だから毒イチゴだとばかり琳太郎は思っていた。

「ふふふ」

含み笑いをして未咲希は話題を変えた。

「イチゴつながりだけどさ、六月の満月をストロベリームーンっていうんだって」

「あ、それ、聞いたことある。二人で見ると恋が叶うとかって」

名誉挽回とばかりにストロベリームーンに拓也が素早く口を挟んだ。

「それはちがうよ。誰がそんなこと言い出したのかわからないけど。もしかしたらバレンタインデーのチョコみたいにどこかの企業の魂胆かも」

三人は楡の木を離れて話をしながら歩き出した。

バレンタインデーのチョコイベントは菓子の会社が仕組んだ商戦にうまく乗せられてしまったものだということはあまりにも有名だ。節分の恵方巻きにしても、ハロウィンにしても、この国ではいろいろなものが本来の意味から切り離されたイベントにされてしまう。

中でも最大のものはクリスマスだろう。日本のクリスマスは、もはや本来の趣旨から外れた別のイベントになってしまっている。

誕生を祝福されるはずのキリストも、どこかで苦笑いをしているかもしれない。

もちろん、敬虔なクリスチャンの家庭では伝統的なクリスマスを祝っているのだろうけれど。

そして今度はストロベリームーンだ。

「でも、ストロベリームーンなんて何だかロマンチックな感じだね。イチゴみたいに赤い月が昇るのかなあ」

校門を出ながらそういう琳太郎は、さっき感じた不思議な感覚のことをすっかり忘れていた。

「そうじゃないいよ。いくらか赤みがかって見えるって言う人もいるけど、どうなのかなあ。本当はアメリカ大陸の先住民の人たちが満月をそれぞれの季節の収穫などに合わせて名付けたものなんだって」

「じゃあ、ストロベリームーンはイチゴの収穫期の満月ってことか。俺はロマンチックなほうがよかったけどな。未咲希と一緒に眺めたりしてさ」

がっかりしたふりをしながら、どさくさに紛れて拓也は告白したのだろうか。

「やだあ。ゴリラとじゃ百年の恋も冷めちゃう」

「えっ、俺、ゴリラなの？　だったら熊のほうがかわいかったかも。苗字が熊沢だし」

拓也は自分に人差し指を向けて素っ頓狂な声を上げた。

「どっちでもいいよ。鏡を見てごらん。人間の一歩手前って感じだから」

この二人はいつもこんな調子だ。

幼い頃から拓也が未咲希に気のあるらしいことを琳太郎は薄々感じていた。そして未咲希の想いも琳太郎には何となく伝わっている。

「琳とだったら二人で見てもい・い・か・な」

未咲希は甘ったるい声を出して琳太郎の腕を取り、冗談のようにもたれかかった。毎度のことながら少しドキッとする。未咲希への想いとは別に、拓也のことも大切にしたかった。二人ともかけがえのない仲間だ。今の三人の関係を壊したくはない。そう考えながら、最近ではこんなやりとりをする二人のお守り役に徹することにしていた。拓也の、未咲希の、そして自分の想いさえも振り払うように、琳太郎はストロベリームーンの話に戻した。

「ようするに暦みたいなものなのかな」

「そういうのって結構あるよね。新茶を摘む時期の八十八夜とか」

日本でも昔から自然の事象を農作業の目安にしたり、天気の予想に役立てたりしてきた。山に残る雪形で田植えの時期を知るとか、夕方の空の色で明日の天気を予想するなど、各地で伝承されてきたことはいくらでもある。

四季の変化がはっきりとしているこの国では、自然のさまざまな変化を暮らしの目安としてきたのだろう。自然と共に生きてきたといってもいいかもしれない。

この国だけではない、地球上の至る所でそれぞれの風土に合わせた、自然に寄り添う生活が営まれてきたに違いない。

そこまで考えて、琳太郎は再び山辺羅来留のことを思った。

彼はあの樹の下で何をしていたのだろうか。積んであった実は彼が置いたのだろうか。もしそうだとしたら、いったい何のために置いたのだろうか。何より自分が感じたあの不思議な感覚は何だったのだろうか。

「琳。どうしたの？　やっぱり何だか変だよ。大丈夫なの？」

未咲希がまた、琳太郎の顔をのぞき込んだ。

「受験勉強のしすぎなんじゃねえの。こんな早くからスパートしてたら本番前に燃え尽きちまうぞ」

「受験かあ。俺たち受験生だよな。何かに夢中になると忘れてしまうからやっかいだ」

　拓也の言葉に琳太郎は、差し迫った現実に引き戻される。口では「忘れてしまう」とうそぶくが、本当のところは忘れていられたらどんなに幸せだろうと思うのだ。受験勉強が苦しいわけではない。その先に待っている、変わってしまう三人の関係を受け入れなければならないことが切なくつらい。

「心配事でもあるの？」

「いや、何でもない。いろいろな言い伝えがあるものだと思ってさ」

　未咲希にそう返事をし、琳太郎は羅来留を見ていた時に受けた妙な感じや、自分の中に渦巻く不安については語らなかった。


　翌日、琳太郎たち三人が校舎を出ようとすると、昨日と同じように楡の木の下に座っている羅来留の姿があった。

「誰か木の下にいるな」

　拓也も気づいたようだ。

　梅雨の細かい雨が落ちている。

　傘を差して三人が校門へ近づくと、羅来留は楡の木に向かってやはり何かを呟いていた。昨日と違っているのは、彼の肩や頭に小鳥たちが止まっていることだ。彼が動くとそれは舞い上がり、またすぐに戻ってくる。

彼はまるで、鳥たちが憩う小さな樹木のようだった。

「あら、あの子」

未咲希が羅来留だと気づき足を止めた。

「あいつ、何やってんだ」

「昨日もいたんだ」

近寄って声をかけようとした。

しかし、踏み出そうとした琳太郎の足は地面に吸い付いたように動かない。二人も不思議そうな顔をしてその場に立ち止まったままだ。

(何なんだ。これは)

声が出ない。

目にしている風景が急激に色褪せて、グレースケールに変わっていく。音が遠のき、体が榆の木に引きつけられる。昨日よりもはるかに強い力だ。未咲希と拓也も目を見開いたまま羅来留の背中を見つめていた。

琳太郎は意識が遠のく奇妙な感覚に陥っていった。

暗い部屋から太陽光の下へいきなり出た時のように、すべてが真っ白に包まれそうになる瞬間、自分が木の幹の中を勢いよく上昇していくのがわかった。暗闇の中、光の粒が周りではじけ、流線になって下方に尾を引いていく。

「うわぁぁぁ」

喉の手前でせき止められていた声がいきなり破裂し、何が何だかわからず叫んでいた。

暗闇を突き抜けてすぐに光の中に飛び出す。生い茂る枝葉の間をものすごいスピードでかき分け上昇した。

気がつくと楡の木の先の枝に立っていた。隣では未咲希と拓也が呆然としている。

細かい雨が降り続いていた。

眼下に見える町は、雨に煙り、生まれ育った故郷とは思えないほど暗く沈んでいる。

「私たちの町ってこんなに暗かったかな」

そぼ降る雨のせいだけではなかった。町はすっかり色彩を失っていた。

視線を上げると、町を囲むように迫る山の連なりがシルエットになって見える。

突然、日向山と空との際が音もなく鈍い光を放った。光ったのが山なのか、雨を降らせている厚い雲なのかはわからない。それは遠い落雷の余韻のようでもあった。

「来る！」

振り返ると、そこには光った山際を睨んで羅来留が立っていた。立っているというよりも浮いていた。彼の瞳には暗く重厚な光がうごめいている。

「来るって何が⁉」

琳太郎が大声をぶつける。

「大きなもの。怖いもの」

「それって何なのよ！　どうして私たちここにいるの！　君は誰なのよ！」

自分の置かれている状況が理解できずに、未咲希は混乱して叫んだ。

「まだ大丈夫。まだ耐えられる」

羅来留が言っていることが三人にはまるで理解できない。

足下を見ると枝の上に立っていると思っていた足がわずかに浮いている。これはどういうことだ。琳太郎も拓也も頭の中を嵐が吹き荒れていた。

「お前！」

拓也は羅来留に摑み掛かろうと手を伸ばしたが届かなかった。

瞬間、羅来留の姿がその場から消え、気がつくと三人共元の場所に傘を差して立っている。体はまったく濡れていない。

羅来留の姿はどこにも見当たらなかった。


校門を出た三人は、口を開かない。今起こったことをどう理解したらいいのか自分の中で整理がつかないまま並んで歩いていた。

何かが始まろうとしている。琳太郎は思った。何かとんでもないことが起こるに違いない。

山辺羅来留とはいったい何者なのだろう。教室での姿とさっきの姿があまりにもかけ離れていた。考えれば考えるほどわからなくなってくる。

未咲希は説明のつかない出来事に自分の思考が追いついていかなかった。これが現実に起こっていることなのか、自分の妄想なのかもわからない。体が一瞬に移動するテレポーテーションは知っている。でもそれはドラマや映画の世界のことだ。外国では実際に起こったことのように語られることもあるけれど、あんなのは眉唾物だ。フィクションの世界だ。それならなぜ自分たちはあの樹の上にいたのだろうか。わからない。

（夢だったのか？）と拓也は思った。自分は眠っていたつもりはない。ましてや立ったままだったのだ。白昼夢を見るという話も聞くことがあるけれど、そうではない。もし夢だとしたら自分だけが見た夢だったのだろうか。それにしては何も言わない二人もどこかおかしい。

「夢、だったのかな」

思い切って口に出してみた。

「どんな夢？」

未咲希が問い返す。

「樹の上に三人がいた」

拓也は自分が見た夢を語った。

「あの子も」

未咲希が付け足す。

「何が来るんだろう？」

琳太郎が不思議そうに呟く。

三人が顔を見合わせて叫んだ。

「夢じゃない！」

同じ夢を三人で見るなんてあり得ない。

でも、夢でないとしたら現実。ますます頭の中は混乱するばかりだ。

「来るって言ってたね」

「大きなもの」

「怖いもの」

その時だった。突然地面が小刻みに揺れ始めた。

「あっ、地震だ」

立ったまま様子をうかがっていたが、細かい揺れはだんだん強く激しくなる。

「かなりでかいぞ」

三人はその場にしゃがみ込んだ。電線がビューンと音を立てて鳴る。近くでブロック塀が倒れた。

「いやあああああ！」

未咲希が叫んだ。拓也は持っていた傘を放り投げ、大きな体でかばうように未咲希に覆い被さった。どこかでガラスの割れる音がする。未咲希の体は震えていた。

揺れは次第に小さくなり、やがておさまっていった。周りの古い塀が倒れたり、傾いたりしている。窓ガラスが割れている家も何軒かあったが、それ以上の被害はなさそうだ。

拓也は体を起こして立ち上がった。

「ありがとう。拓。だけど、この場面、どこかで見たことがあるような気がする」

未咲希の声はまだ震えていた。それは、地震の恐怖だけではなく、拓也に庇われた時にフラッシュバックしてきた得体の知れない感覚からくるものでもあった。そのことを二人に話そうとも思ったが、うまく話せそうにない。

「気にしなくていいよ」

「昨日、ゴリラとか言ってごめんね」

いつになく素直に謝る未咲希は幼い子供のようだ。

「別に。慣れてるし」

拓也の返事はぶっきらぼうだった。

「それにしても」

ずっと考え込んでいた琳太郎が口を開く。

「あいつは何者なんだ。いったい」

山辺羅来留はどこから、何のために来たのか、いったい誰なのか。

「怖いものって、これのことなのかな」

未咲希が怯えたように問いかける。

「わからない。でも、大丈夫って言ってた。まだ耐えられるって」

琳太郎は木の上で遠くを見つめていた羅来留の言葉を思い出していた。

何かが始まろうとしている。自分たちはその渦の中に巻き込まれようとしている。いや、すでに巻き込まれていた。

（いったい、どういうことだ？　何が起こるというのだろうか）

「予言者」

未咲希が思いついたまま呟く。

「予言者？　それってノストラダムスみたいな奴のことか」

ノストラダムスは、二十世紀末に人類が滅亡するという予言で脚光を浴びた、十六世紀西欧の予言者だ。予言が当たったのかどうかはわからない。予言にはそれを回避しうる可能性もあったし、部分的には当たっていると思われることもあったからだ。少なくとも最も大きな脅威であった人類の滅亡については、二十一世紀の今もまだ訪れてはいない。

「予言者というのとはちょっと違うかも。それより」

琳太郎は続けた。

「むしろ、予知能力といったほうが近いんじゃないか」

「それって、オカルトっぽいんじゃね？」

「ううん、予知能力というのは本当にあるって言う人もいるよ」

だいぶ落ち着いてきた未咲希が話し始めた。

オーストラリアやアメリカ大陸にもともと生活していた人たちの中には特殊な能力を持っている人たちがいるらしい。その人たちの能力は未来を予測できるものだったり、テレパシーで交信できるものだったり、「気」で病を治療したりするものだったりさまざまだそうだ。

中国の気功術もそれに近いものがあるのかもしれない。日本でも沖縄やアイヌの人々の中には似た能力を持つ人たちがいると聞いたことがある。

アメリカではすでに、超能力は犯罪捜査にも利用されているそうだ。もっとも未咲希はまったく信じてはいなかったが。

「じゃあ、奴はその能力を持っているっていうことなのかな」

「どうなんだろうね。わからないよ。私は信じられないけど」

拓也の言葉に未咲希は頭を振った。さっき自分たちに起きたことを消化できないのに、そこまで考えることなどできるはずもなかった。


翌日、机の前に立って羅来留を見下ろしている未咲希はかなり興奮していた。

「ねえ、昨日のあれは何だったの」

昨日の出来事に納得できない彼女は、琳太郎の隣の席に座っている羅来留に説明を迫っていた。

「来るって、あの地震のことだったの⁉」

羅来留はいつものように目を伏せておどおどしている。その姿は突然巣をのぞかれたハツカネズミを連想させた。昨日、楡の木の上で見せた力強さはどこにもない。

「なぜ私たちは木の上にいたのよ！　君は何者なの⁉」

いつも理路整然と話す彼女にしては、珍しく矢継ぎ早に羅来留を問い詰める。

関わり合いを持たないようにと思いながらも興味本位で遠巻きにうかがっている視線を、教室の至る所から感じていた。

「未咲希、ちょっと待て。そんなに次から次へ質問をされたら、羅来留だって困ってしまうよ」

穏やかな声で琳太郎はたしなめたが、羅来留には彼女が納得できるような答えを返すことはできないだろうと思っていた。

「だって……。ごめんなさい」

彼女はさも不満そうに言い澱んだが、すぐに小さな声で詫びた。

琳太郎は少し間を置いてから、羅来留をあまり刺激しないように話しかけた。

「昨日のこと、教えてくれないかな」

彼は机の上を見つめたままだ。何かに怯えるように黙っている。未咲希の息づかいが荒い。感情がかなり高ぶっているのがわかる。

「特、別」

しばらくしてかすかな声で羅来留が呟いた。

「特別って、何が特別なの？　それってどういうことなのよ！」

未咲希が机に両腕を突き、強い口調で問い詰める。

「未咲希！」

「ごめん」

琳太郎にちらりと目をやって彼女は口をつぐんだ。

「何が特別なのかな。教えてもらえないか」

彼を怯えさせないように、あくまでも穏やかに琳太郎は話しかける。

「き、君たち。君たちは特別」

「俺たち？　どういうこと？」

顔を上げない羅来留を、のぞき込むように琳太郎が尋ねた。未咲希も膝を折り、机の前にしゃがんで彼の顔をのぞき込む。

「わかっていた」

羅来留の口からくぐもった声が漏れた。

「わかっていいたって何が？　何がわかっていたの？」

問い返す未咲希を目で制止ながら、羅来留が話し出すのを待っていたが、彼はそれ以上何も語ろうとはしなかった。

その日の帰りも未咲希はまだ苛ついていた。

「はっきり言えばいいのに。なによ。あの態度」

「彼はああいう言い方しかできないんだよ。追い詰めたらもっと言えなくなる」

「それにしたって十八歳よ。法律が引き下げられて、もう成人として見られる年齢になるのよ」

「年齢だけじゃないいんじゃないか。成人といったって人はいろいろだよ。これまでにどんな経験を積んできているかということも大きいだろうし」

「何で琳はあの子をそんなに庇うの？　私たちにわけのわからないことをしておいて説明もなしなんておかしいよ」

むきになって未咲希が食ってかかる。

「説明しないんじゃなくて、できないんじゃないのかな。彼の世界と俺たちの世界が違いすぎて」

「それ、どういうこと？」

「うーん、そこのところが俺にもよくわからないんだよね。何となくかな。何となく違う世界を生きているんじゃないかって気がするんだ」

「琳の言っていること、よくわかんないよ」

「そうだよな。俺も自分で言っておきながらよくわからない」

未咲希が納得できるはずはなかった。論理的な説明も何もあったものではない。感覚なのだ。

小学生の頃、山に登ろうとして父と出かけたものの、どうしても足が出せず登山道の入口で立ち止まってしまったことがあった。理由などなかった。登ろうとするとなぜだかとてもいやな気持ちになったのだ。登ってはいけないと何かに止められているようだった。その時はどうしても先に進めず、そのまま折り返して家に戻ってきた。あの時の感じによく似ていた。

羅来留は何かが違う。教室の中でも、あの木の上でも、自分たちとは違う世界に生きているのだと感じた。なぜそう感じるのかはわからない。

この感覚は言葉では説明できない。

登山の時は、後日その山で遭難者の遺体が見つかったと聞いて、あの時の感覚が何だったのかわかったような気がしたけれど、今度もこの感じが何を意味するのか、いつかわかる時が来るのだろうか。

だが、未咲希にその話をしても、彼女は理解できなかった。

「何があったんだ？　俺もそこにいたかったな」

二人の会話を黙って聞いていた拓也が、残念そうに口を挟んだ。

「いや、お前がいなくてよかったよ。いたらきっと手を出していただろうから」

挑みかかるように羅来留を問い詰める未咲希を諫めるだけでも精一杯だった。拓也までいたらどうなっていただろう。

そんなことはないぞと言う拓也の反論に、琳太郎は微笑みながら言い返した。

「だって、拓はあの木の上でも彼に摑み掛かろうとした」

「あっ」

思い出して俯いてしまった拓也を見て、未咲希は声を押し殺しながら笑っていた。

# 3　見知らぬ世界で見たもの

あのことがあってから琳太郎は羅来留と少しずつ話ができるようになってはきていた。話とはいうものの言葉を紡いで話すのではなく、相変わらず目を合わせず、ぽつりぽつりと彼からこぼれる単語を拾って琳太郎が想像しながらつなげていくというものだった。琳太郎は話しているうちにますます「彼の世界」と「自分たちの世界」には大きな隔たりがあるような気がしてならなかった。

未咲希と拓也にもそうやって自分が理解したり感じたりしたことを、できるだけ詳細に伝えた。理解とまではいかなくても、どことなく何か感じるものがあるのだろう。彼を見る二人の目からはとげとげしさがだんだんと薄れ、以前のように被害者が加害者を追い詰めるようなヒステリックな態度で接することはなくなってきていた。

羅来留の話をつなぎ合わせながら考えると、楡の大樹は母なる木であり、大樹に宿った姫神が神を生んだ。生まれた神は地上で人々と共に暮らし、人々を守ってきたのだという。

校門横の楡も神が宿る木であり、彼はどうやらその木と対話をしているらしい。

「まるで日本昔話の世界だな」

拓也はそんな話は信じられないというように嘲笑う。

「ちょっと待って。似たような話をどこかで聞いたことがあるよ」

未咲希は思い出そうとしたが、なかなか思い出せなかった。

楡の木。地上で暮らす神。以前、誰かに教えられたか、本で読んだかしたことがある。間違いなく。

「だめだわ。思い出せないよ」

「そのうちに思い出すよ」

琳太郎は話を進めた。

「それにしても、木と話すってどういうことなんだろう」

「それって霊媒師とかっていうんじゃねえの。なんか胡散臭いけど」

拓也の話にすぐ未咲希が続けた。

「シャーマンかな」

「なんだ、それ?」

「神や霊と交信できる人のこと。恐山のイタコや沖縄のユタなんかもそうだって言われている」

シャーマンは交信する時にトランスという特別な精神状態になることがあるらしい。

それを考えれば、あの日、羅来留がなぜ楡の木の上で別人のようになっていたのか説明がつくと未咲希は言った。

「それだって、シャーマンっていう奴が実在するとしたら、だろう。科学的に解明されているのか？」

いつもの拓也と違って今日はなかなか手厳しい。いつもなら納得しようとしまいと、見たこと感じたことをそのまま受け入れてしまう彼だったが、今日は食い下がっていた。拓也にとってもそれだけ衝撃的な経験だったのだ。

「でも、それしか説明できないよ。あの日のことは」

未咲希は苦しそうだった。彼女にしてもシャーマンの存在を信じているわけではないのだ。

「とにかく、他には黙っていよう。こんなことを言い出したら俺たちがおかしいと思われるか、羅来留に何か悪いことが起こるかどちらかだろうから」

未咲希と拓也もその思いは同じだった。

梅雨とはいえ、季節は確実に盛夏に近づいている。

三人はストロベリームーンといわれる六月の満月が赤くなるのかどうかを確かめようということで、日暮れの河原の土手に座っていた。梅雨の中休みで空に雲はあまり浮かんでいない。

横に並んで川の向こうに昇る月を待ちながら、たわいもない話に興じていた。

「男女二人で見ると恋が叶うって言うけど、三人で見るとどうなるのかなあ」

拓也が妙な噂を気にしながら月が出るのを待っている。

「だから、そんなことないって言ったでしょ」

「未咲希はさ、恵まれてるんだぜ」

未咲希の言葉など意に介せず、拓也は自分の思いだけを吐き出している。

「何でよ」

「だって、俺と琳太郎と二人と見るんだぜ。両手に花？　ん？　花は変だな。男の場合はなんて言うんだ？」

「ばっかじゃないの。あきれてものが言えないよ」

いつものことなのであきれながらも未咲希は拓也の与太話に付き合っていた。

「でもさ、俺たち幼なじみだろ。だったらストロベリームーンの伝説が叶えられたっていいよな」

拓也は無理やりにでも恋が叶う伝説につなげたいようだ。この軽さが拓也らしいのだけれど。

「わかった、わかった。じゃあ、拓とも琳とも恋が叶えられるということで、もう、いいよ。めんどうくさい」

未咲希は、やってられないとばかりに拓也の言葉を切り捨てた。

「やったあ」

何を思ったか拓也が喜んだ。喜ぶような話の流れではないだろうに。

琳太郎は拓也の単細胞にいつもあきれ返るのだが、こんな話を臆することもなくできる彼が、実は、少しうらやましくもあった。

「あれっ。こんな場面、どこかであった？　三人で川辺に座ってこんな話をしたこと」

突然、思いついたように拓也が視線を漂わせた。

「あるわけないだろ。こんな話、馬鹿馬鹿しくって何度もやってられないよ」

琳太郎が答え、未咲希は首をかしげた。

「そうだよね。やってらんないよね。拓の話に付き合うのも大変だよ」

夏至に近い満月は午後七時頃に、日没と前後して昇ってくることが多い。今年のストロベリームーンも残照が消えてから東の空に輝き始めた。

「大きいね。太陽や月が地平線に近いうちは比べる物があるから大きく見えるっていうけどね、本当にそれだけなのかなあって思うほど大きく見えるよね」

未咲希の声はさっきよりずっと艶っぽい。満月は男を狼にすると言うけれど、女はどうなのだろうか。かぐや姫にでもなるのだろうか。

「ウオォーン」

拓也が両手を高く突き上げ、月に向かって吠えた。それを見た琳太郎と未咲希は、顔を見合わせて苦笑する。

ストロベリームーンは赤くはない。いつも見る満月と変わらなかった。それでも、三人で眺める満月は、何だか特別なもののように感じられるのだった。いつか、この場面を懐かしく思い出す時が来るのだろうか。

琳太郎も拓也のように月に向かって吠えてみたいと思ったが、それはできなかった。理性というやつがそれに歯止めをかけていた。

いつまで三人でこうしていられるだろう。琳太郎の記憶の中にはいつでもどこにでも未咲希と拓也がいる。


授業が終わり教室を出たところで、琳太郎と拓也は未咲希に声をかけられ、楡の木の下へ向かった。

「わかったわ。この前の楡の木の神様の話」

手には一冊の本を持っている。

「前にこの本で読んだんだよ」

未咲希はしばらくそのことが頭から離れず家の本棚をあさっていたらしい。

表紙に「カムイ・ユーカラ」と記されている本をペラペラと繰り、琳太郎と拓也の前に差し出した。

「ほら、ここ」

指を置いた所は「アイヌ・ラッ・クル伝」となっている。

琳太郎はそれを受け取り、声を出して読み始めた。拓也は黙って聞いている。そこに書かれている話は、羅来留から教えられたことよりずっと長いが、よく似た話だった。

「あいつはアイヌなのか」

「それはわからない。アイヌの人たちの多くは北海道に住んでるんじゃないのかな。彼は何となく違う気がするけど」

本を未咲希に返しながら、拓也の問いに琳太郎は慎重に答えていた。

そう思う理由はない。これもまた、何となくなのだ。

短い時間ではあるが羅来留と関わり、彼は何かを自分たちに伝えたいのではないかと感じ始めていた。

君たちは特別という彼の言葉がいつも頭の隅から離れなかった。

楡の木を見上げる。折り重なるように茂る葉が影をつくっていた。姿は見えないが鳥たちの囀りが聞こえる。音を立てて風が吹き抜けた。

歩き出そうとすると、すぐそこに三人をじっと見つめている羅来留がいることに気づき、いきなり体中が粟立った。彼は目をスッと逸らして、俯き加減にゆっくりと三人に近づいてくる。

琳太郎は未咲希が持っている本を再び手に取り、近づいてきた羅来留に突き出した。羅来留はその表紙を見て、琳太郎の尋ねたいことがわかるかのように静かに頭を振った。

「ちがう」

「何が違うの？　私たちが知りたいことがわかるの？」

　未咲希の声は穏やかだった。

「アイヌじゃない」

　なぜ彼は本の扉を見ただけで自分たちの考えていることがわかったのだろう。問いたいことはたくさんあった。羅来留と関わるたびにわからないことが増えていく。しかし納得できるような答えは返ってこない。拓也も未咲希もそれに苛立つのだ。

　琳太郎はそんな二人よりも彼とのやりとりにはかなり慣れてきていた。羅来留は上手く伝えられないことが出てくると沈黙を通す。何を聞いても口を開かない。だから、一つひとつ丁寧に、もつれた糸をほぐすように聞き取っていかなければならないのだ。その上で彼の語ったことを組み合わせながらつなげて想像する。

「なぜ、俺の尋ねたいことがわかったんだ？」

　羅来留は少し顔を上げて三人を見回し、また目を伏せた。

「君たちは特別」

　あの時と同じだった。教室で問い詰めた時にも彼は同じことを言っていた。

「俺たちが特別って、どういうことなのかな」

　琳太郎もあの時と同じことを尋ねている。この問いに羅来留が答えることはないだろう。

　羅来留は何かを考えるように沈黙をし、時間だけが過ぎていった。

やがて、未咲希が耐えきれなくなって別のことを尋ねた。

「君が生まれ育ったのはどこなの」

「ヒカゲ」

「ヒカゲってどこだろう。わかる？」

未咲希の問いに拓也は聞いたこともないと言い、琳太郎は黙って首を振った。あらためて彼女はそれがどこにあるのか尋ねたが、羅来留は首をひねり黙ってしまった。

しばらく沈黙が続いたあとに彼の小さな声がした。

「ついてきて」

それまで、問われたことに答えることしかしなかった羅来留が、初めて自分から働きかけた言葉だった。何かが始まろうとしている。それでいいのか。そんなことに関わっている余裕があるのか。琳太郎は自分に問いかけてみる。今、ここで羅来留についていけば、引き返すことのできない渦の中に巻き込まれていくような気がしていた。

決断を躊躇っている琳太郎は未咲希の顔を見つめた。

「琳、迷っている場合じゃないでしょ。今、行かないと一生後悔するよ」

拓也は体が半分羅来留のあとを追おうとしている。

「いいのか。戻れなくなるかもしれないぞ。大切な時間を無駄にすることになるぞ」

「無駄にはならないと思う」

未咲希が呟く。

「大丈夫。私たちならやれる」

「何だか面白くなってきたじゃないか。わくわくするなあ」

拓也が琳太郎を見つめた。気心の知れた頼もしい幼なじみだった。この二人とならたとえどんなことが起ころうと悔いはないという気にさえなってしまう。未咲希と拓也の力強い言葉に、お互いの意思を確かめ合うように三人で頷き羅来留のあとを追った。


歩いているのは日向山の麓にある神社へ続く細い道だ。車が一台通れる程度の細い坂道を登ると「日那多神社」と彫られた石柱が見えてくる。この前、三人で来た時と特に変わりはない。その脇から百段ほどの石段を上り、鳥居をくぐる。光が遮られた境内は昼間だというのに薄暗く少し怖くもあったが、子供の頃に感じた、知らない世界に紛れ込んだような期待感や高揚感も戻ってきた。

振り返れば町中《まちなか》に並ぶ家々の屋根が初夏の光を反射してキラキラと輝き、春に訪れた時より濃い緑に彩られた風景が広がっている。

羅来留は鞄の中から少し膨らんだ小さな麻袋を取り出すと、袋の口を大きく開いて楡の木の前に供えた。

「ああっ」

未咲希がそれを見て思わず声を上げた。

どんぐりではない。中に入っているのは、学校で三人が口に入れたものによく似た実だ。学校の木の下の実も羅来留が置いたものだったのだ。

「そこに座って」

「また変なことするんじゃないだろうな」

拓也が警戒して羅来留を牽制したが、彼は何も答えずに木の前に座った。

衣服に土がつくこともかまわず三人もその場に座って、羅来留の背中を後ろから見つめる。

あの時と同じだった。羅来留は樹に向かって何かを呟いている。何を言っているのかはわからない。聞こえてくるのは自分たちの知らない言葉だ。

しばらく聞いていると羅来留の声がだんだんと遠のいていく。

風が揺らす木の葉の音だけが未咲希の体に溶け込んできた。拓也には鳥たちの囀りが、琳太郎には遠のく羅来留の声が別の世界でかすかに聞こえていた。

目に映っている羅来留の姿や目の前にある大樹が、霧で覆われたように消えかけた時、羅来留が掲げた掌にいきなりまばゆい光の塊が降りてきた。

三人はハッとして目を見開いた。その瞬間、掌の光がはじけていくつにも分かれ、三人の体内に飛び込んできたのだ。

雪の上を吹き抜ける冷たい風の中に立ちながらも、早春の柔らかな日ざしに包まれているような穏やかな感覚が、張り詰めた意識の中へ流れ込んでくる。

女性の声がどこからともなく聞こえてきた。

「あなたたちが来ることはわかっていたの」

誰の声なのかはわからない。

「お願いをしなければならないことがある」

「どういうことなんだ？」

拓也が問いかけた。もちろん声にはならない。意識の中でのやりとりだった。それが他の二人にも聞こえている。

「あなたたちは特別なのよ」

羅来留も同じことを言っていた。

「そう。羅来留には私から伝えたの。だから羅来留はあなたたちにそう伝えた」

「私たちがどうして特別なの？　何をすればいいの？」

これまで何度も繰り返されてきた問いにその声は答える。

「いずれわかる。羅来留と共においでなさい」

「でもどこへ」

「羅来留と共に」

光が体から抜け、楡の木に吸い込まれるように上っていった。

周りに色が戻ってくる。鳥の声。葉のざわめき。まるで脳震盪をおこしたあとのように頭の中が混沌として濁っている。

「これ」

羅来留が立ち上がって差し出した麻袋の中の実を、三人は朦朧とした意識のまま口の中に放りこんだ。甘酸っぱさが広がり、濁った頭の中がだんだんと澄んでくる。

「来て」

社の前に立った羅来留が閂《かんぬき》を外して扉を開けた。社は一人ずつ入らなければならないほど狭いが、祭壇の奥にはどこまで続くかわからない闇が広がっていた。

「ついてきて」

闇の前で羅来留が振り返り、その中に足を踏み入れると姿を消した。

三人は顔を見合わせたが、ためらうこともなく次々に足を踏み入れた。

覚悟を決めたのだ。三人なら大丈夫だと誰もが思っていた。とまどいはなかった。そうすることが当然だという気がしていた。

最初に琳太郎、次に未咲希、最後に拓也が続いた。

闇に包まれるとすぐに光の粒が琳太郎の体を取り巻いた。蛍のような淡い光に導かれながら暗闇の中を歩いている。

どこへつながっているのだろう。羅来留は自分たちをどこへ連れて行くのだろう。あの声は三人がなぜ特別なのかいずれわかると言った。この先に答えが待っているのだろうか。

どれくらい歩いたのかわからなかった。果てしもなく長く歩いたようでもあり、一瞬で抜け出たようでもあった。

周囲に色が戻った時、琳太郎は社の中の祭壇裏に立っていた。

「元の場所に戻ってきた」

そう思ったが、何かが違う。

注意深く社を出ると、さっきまでよく晴れていたはずの外には細かい雨が落ちていた。

日那多神社の右にあった楡の木は反対側に立っている。注連縄の張られた幹は一人で抱えても余るぐらい細く、高さも社の屋根をわずかに超える程度だ。

そこは琳太郎たちの秘密基地があった境内ではなかった。

いつ着替えたのか羅来留は着古した白い着物姿で鳥居の下に立ち、じっと琳太郎を見つめている。それは学校で見せていた、何かに怯えるような姿とはほど遠く、胸に炎が灯った力強さを感じさせた。

「未咲希と拓は？」

境内を見回して辺りに二人がいないことがわかると琳太郎は尋ねた。

「もう少し時間がかかる」

羅来留はしっかりと琳太郎を見据えて答え、さらに有無を言わさぬ口調で続けた。

「ついてこい」

琳太郎は羅来留を追って階段を下りようとし、自分が着物姿であることに気がついた。藍色の着物は何度か水が通されているようだ。両手を広げて着ている物をまじまじと見つめる。足には藁でできた草履。地を踏んではいない。楡の木の上に立った時と同じだった。

「どういうことだ」

琳太郎は呟いた。

眼下に見える村が雨に煙っている。日那多神社から見下ろす故郷とは比べようもなく暗い風景だった。だが、こんな暗い風景をどこかで見たことがある。そう、羅来留に誘《いざな》われ学校の楡の木の上から見た自分たちの町だ。あの時と同じ雨。あの時と同じ色。あれは、はたして自分たちの故郷だったのだろうか。目の前のこの村ではなかったのか。

琳太郎は目を凝らした。

山に囲まれた集落には時代を遡ったような茅葺きや板葺き屋根の家が点在している。戸数はさほど多くはない。その間を大人なら苦労せずに渡れるぐらいの川が流れている。上流の山腹には、穂が出る前の稲で緑に彩られた棚田が麓に向かって広がっていた。

階段下で振り返った羅来留は琳太郎が追いつくのを待っていた。

彼の立っている場所まで階段を滑るように下りる。そこには「日加祁《ひかげ》神社」と刻まれた古い石柱が建っていた。

「日加祁神社？」

さっき通り抜けてきたのは日向山の麓の「日那多神社」だった。

「もしかしてこの山はヒカゲ山」

先を行く羅来留に声をかけた。羅来留は振り向き、琳太郎を見つめ首を振った。

「日向山だ」

日向山の日那多神社と日加祁神社。同じようでありながら違っている。どういうことなのだろうか。ここはどこなのだろうか。なぜ自分はここにいるのだろうか。どうして地を踏めず浮いているのだろうか。そしてこの姿は？

「夢なのか。俺は夢を見ているのか」

琳太郎の声が聞こえないかのように羅来留は集落に入っていった。

雨の中を歩いているが不思議と体は濡れなかった。人の姿は見られない。だが、家々の窓からかすかな灯りが漏れ、煙が立ち上っているところを見ると中に人はいるらしい。

集落を抜ける手前で、天秤にした水桶を担いで少女が雨に濡れながら歩いてきた。川から水を汲んできたのであろう。重そうに、大事そうに運んでくる。琳太郎の前まで歩いてくると少女は大きく息をつき、桶を下ろして顔を上げた。

その顔を見て琳太郎は目を疑った。

「未咲希？」

首に掛けていた手ぬぐいで顔を拭う少女は未咲希だった。

「未咲希、何でこんな」

琳太郎は必死に話しかけるが、彼女に声は届かない。琳太郎の姿も見えていないようだ。

羅来留が近寄ってきて囁いた。

「未咲希ではない」

「だって」

「無駄だ。彼女は未咲希ではない。それに君の声は聞こえない。姿も見えない」

やはりそうなのだ。この世界では琳太郎には実体がないのだ。

少女は顔を拭った手ぬぐいを首に掛けなおし、再び水桶を担ぎ上げ、琳太郎とすれ違うようにして粗末な家の戸の前に立った。

琳太郎は何も言わずに彼女の後ろ姿を目で追った。

「キヨなのかい」

少女が立て付けの悪い戸を引くと、中から母親らしい女の声が聞こえてきた。

「こんな雨の中、悪かったね。大変だっただろう」

「お母《かあ》、なんともね。大丈夫だ」

キヨと呼ばれた少女は一旦家の中に入り桶を下ろすと、再び外に顔を出して雨の様子を気にしながら両手で戸を閉めた。

雨が少し強くなってきたようだ。

「それにしてもよく降るなや。畑の野菜も心配だあ」

家の中からキヨの声が聞こえる。

「こんなにジメジメしとったら、お父《とう》の体にもさわるしのう」

この家の主は病気なのかもしれない。

羅来留は集落を抜け、木造の橋を渡り、小高い丘を登り始めた。時々立ち止まっては琳太郎が追いつくのを待っている。

丘の上には集落の家々より少し大きな造りの屋敷があった。羅来留はその前に立つと琳太郎を一度振り返ってから、戸に溶け込むように中に入り見えなくなった。琳太郎も戸の前に立って手を添えた。戸の感触はなく、体がそれをすり抜けた。

中では土間に羅来留が立っている。琳太郎もその横に並んで奥を眺めた。

土間から一段高くなった板の間では、年配の男二人と若者が囲炉裏を囲んで座っている。年配の二人はしきりに話をしているが、若者は黙ってそれを聞いているだけだった。

「わかりました。さっそく出かけて話をしてきましょう」

家の主らしい白髪混じりで総髪の男が、向かいに座る男に話していた。

「ありがとうございます。よろしくお願いします」

客なのだろう。主とそう歳の違わない男がにこやかに礼を述べている。

「明日の朝一番で勘助の所へ行って話をしてこようかの。正太郎、お前も一緒にな」

主の隣に座っている正太郎と呼ばれた若者は、顔を上げたが困惑顔をしてすぐに目を伏せ、何も言わなかった。

「いやあ、正太郎もやがてこの榊谷の家のあとを取らねばならんで。ちょうどよい機会だ。村へおりて共に話をしてこよう」

「榊谷？」

琳太郎は呟いた。自分と同じ姓だ。自分の家と関係があるのだろうか。隣の羅来留を見たが、何も言わずに中の様子をうかがっている。

「篠屋さん、今夜は泊まっていきなさるじゃろ。雨も降っているし、今から山を越えて日向《ひなた》まで帰るとなると危険じゃでの」

「そうさせていただいてよろしいですかの。無理なお願いをした上にご厄介になるのは申しわけないいんだけんど」

篠屋と呼ばれた男は恐縮していた。

「なんの、なんの。これまでもこの村においでなすった時は泊まってもらっていたことだし、昔からの付き合いで知らない仲じゃないですきに」

「そう言っていただけると助かります」

「それにしても篠屋さんからの申し出は、勘助の家にとっては大助かりだ」

主人の言葉に客は丁寧に礼を述べ、それを期に囲炉裏端には酒が運ばれてきた。

酒を酌み交わす二人とは対照的に、どこか哀しげな正太郎の姿が琳太郎は気になった。

なぜ、正太郎があんなにも哀しげなのか、篠屋と呼ばれていた男の申し出とは何なのか。正太郎の姿はこの申し出と関係があるのだろうか。

「外に出よう」

羅来留の声に従って琳太郎は入ってきた時と同じように戸をすり抜けて家を出た。

雨は降り続いている。辺りはすでに夕闇が迫っていた。


未咲希は社の中にたたずみ、自分の着物姿を眺めた。渋色の着物にはパッチワークのように継ぎが当ててある。足には藁でできた草履を履いていた。

あの闇を通り抜けるのにどのくらいの時間がかかったのだろう。突然体が淡い光に包まれ、それに誘《いざな》われるまま歩き続けた。ふわっと明るくなったかと思ったらこの場所に立っていたのだ。

白い着物姿の羅来留が雨の上がった境内で未咲希を見ている。

「どこなの?」

その問いに答えることなく彼は階段を下りて行った。

未咲希もあとに続いた。濡れた木の葉から雫が滴っている。地面を捉える足の感触がない。わずかに浮いているのた。

階段を下り、そこに建っている石柱を何気なく見て、思わず未咲希は声を上げそうになった。

「日加祁神社って」

そういえば羅来留にどこから来たのか尋ねた時、彼はヒカゲと言っていた。目の前に見える村は――。

「ヒカゲ村なの？」

羅来留は何も言わず未咲希を見つめて頷いた。

自分たちが住んでいる町は日向町《ひなた》。そしてここはヒカゲ村。文字は「日影」と記すのだろうか。それとも「日陰」なのだろうか。いずれにしても対をなすような村と神社の名に、何か深い因縁があるはずだ。

「私たちの町とつながりがある」

そう思った。それにしてもなんと寂しい風景なのだろう。どんよりとした曇り空が広がっている。

羅来留の後ろ姿を追った。

村の中では何人かの子供たちが走り回って遊んでいたが、羅来留や未咲希を気にとめる者はいない。

村を抜ける手前で不意に羅来留が立ち止まった。

一軒の小さな家の引き戸が開いている。

「中を」

彼はその家の前で立ち止まり、未咲希に家の中をのぞくように促した。

狭い入口から見えるのは家の中に広げられた筵《むしろ》に座る総髪の男と、その隣の若い男だ。

「おトキ、勘助がこんな様子じゃ、食ってはいけないだろう」

「村の皆さんがなにかと助けてくれますで、今のところはどうにか」

姿は見えないが中から疲れた女の声がした。

「それだってこう雨ばかりでは、村の者《もん》もやがて自分たちが食っていくので精一杯になる。今年は畑も山の物も不作で、そうそう他人の家までかまってはいられなくなるぞ」

「へえ」

女の声はそのまま押し黙った。

未咲希は戸口にすり寄り、中の様子をうかがった。家の中に板の間はなく、土間だけだった。そこに敷かれた筵の上に、継《つ》ぎ接《は》ぎだらけの着物を着た女と若い娘が座って俯いている。奥にはもう一枚筵を重ね、男が横たわっていた。この家の主は病気なのかもしれない。

風が吹いて開いている戸をカタンと揺らした。その音で若者が入口に顔を向けた。未咲希は目が合ったように思って身を縮めたが、若者は何事もなかったようにすぐに視線を戻した。

「私の姿は見えないんだ」

わかっていたような気もする。

「キヨが嫁げば親の暮らしも何とかなるだけのことはしようと言ってるんだ。キヨだって十七だ。嫁に行くには決して早い歳ではないぞ」

娘は押し黙っていた。若者は時々顔を上げてキヨの様子をうかがっている。

「私も何とか力になりたい。でもな、今年はこんな天候が続いているし、この先どうなるかもわからない。今は何とかしてやれたとしてもな」

奥で寝ている男が突然咳き込んだ。勘助という、娘の父親なのだろう。

「お父《とう》！」

声を上げて立ち上がり、娘は水を汲みに入口近くの瓶へかけ寄って柄杓を取る。

その時見えた顔に未咲希は驚いた。薄汚れてはいるが、まるで自分を鏡で見ているようだったのだ。この人は誰なのだろう。

柄杓に水を汲んで、娘は奥で寝ている病人の元へかけ寄った。

父親の体を抱き上げて水を飲ませる娘を、若者は横目で見つめている。

「いい話だと思うんだがの。キヨ、どうだ」

柄杓を手にしたまま母親の隣に戻ってキヨが座った。

「正太郎さんもそう思うの？」

キヨは若者を見て尋ねた。

「俺は……」

正太郎が言い澱み、しばらく沈黙が続く。

「正太郎とキヨは幼い頃からの遊び相手だったで、離れてしまうのは寂しいこともあるじゃろけどの。でもいつまでも一緒にいるというわけにはいかんじゃろ」

話を進めているのは正太郎の父親なのだと未咲希は気づいた。

「俺も、俺もいい話だと……」

キヨから目を逸らした正太郎の声は弱々しかった。

「わかったわ」

体から力が抜けたキヨは哀しげに目を伏せる。

その姿に母親のトキは戸惑いながら、慌てて願った。

「旦那様、返事は少し待ってくだせ。よく話し合ってみますで」

「そうしてくれるか。相手があることだでそうそう長いこと待ってもいられないが、一日、二日ならなんとかなるじゃろ」

客が立ち上がると未咲希は入口を離れて羅来留の後ろへ回った。

雲の切れ間からわずかに光が落ちてきていた。

なぜ自分がこんな姿をしているのか拓也はわからなかった。袖の細い継ぎ接ぎだらけの着物にズボンのような袴。肩から背には何の動物だろう、尻まで覆う毛皮を背負うように纏っている。足には藁靴を履き、これで熊槍か猟銃でも持っていたら本で見たマタギのようだ。しかも、藁靴は地に着いていない。体はわずかに浮いているのだ。

羅来留に続いて石段を下りると石柱の前で数人の村人とすれ違った。村人は拓也の姿など見えないかのように通り過ぎて行く。

「お前は風だ」

羅来留の声には力があった。

「風？」

「見えていない」

どうやら村人に拓也の存在は感じられないらしい。

石柱の「日加祁神社」という文字を見て拓也は尋ねた。

「ここはお前の言ってたヒカゲなのか」

「そうだ」

羅来留の態度や話し方は学校とはまるっきり違っていた。この世界では力がこもっている。

空はどんよりと厚い雲に覆われ、今にも雨が降り出しそうだった。

見たところ村の戸数は二十戸ほどだろうか。山に囲まれた小さな村だ。家の造りには大小あり、やや大きめの家の裏には畑があった。

村を抜けて反対側の小高い丘に村を見下ろすように少し大きな屋敷が建っている。

拓也は羅来留に続いて村の通りに入った。植えられているナスやキュウリは育たないうちに実を落としている。豆類は実さえ付けていない。大きな葉が茎からしおれているのは里芋だろうか。青菜は黒くなり、これからどれだけ育つかわからない。畑では育っているはずの野菜がほとんど育たないか、腐りかけていた。拓也がそれを見つめていると羅来留の声が聞こえた。

「長雨だ。寒い上に太陽が出ない。霜さえ降りることがある」

村は冷害に襲われていた。

集落を抜け、丘の上の屋敷まで上った。屋敷の庭には一人の若いマタギが膝を突いている。

廊下にしゃがんだ主がその若者に話しかけていた。

「寝たきりの勘助を置いたまま母親がついて行くわけにはいかんだろうからな、仙蔵、キヨを頼んだぞ」

「へい」

仙蔵というのは若者の名前のようだ。肩幅が広く、がっちりとして、いかにも山を駆け回っている男の逞しい体だった。

「山越えはお前にかなうものはおらんからの」

主は続けた。

「篠屋じゃ、嫁入り道具など何もいらんと言っておるがな、そうもいかんじゃろう。たいした用意はできんが、明日の朝、キヨを迎えに行ったら屋敷に寄ってくれ。それまでに多少の物は用意しておくからな」

「わかりやした」

「お前一人なら日向まではそう遠くなかろうが、女子《おなご》連れじゃ。急ぐわけにもいくまい」

「日が暮れれば野宿しますで」

仙蔵はたやすいことだとばかりに顔を上げた。

「それはいかん。キヨがおる。嫁入り前の娘に野宿というわけにはいかんぞ。そこでじゃ、峠の茶屋をやっている利吉に話してあるで、明日は無理をせずそこに泊めてもらえ」

「へい。ありがとうござえます」

若者は頭を下げた。

「なら、明日、またな」

総髪の主はそこまで話して屋敷の中へ入っていった。

仙蔵が立ち上がると、すぐに戸口から仙蔵と同じ歳頃の若者が出てきた。

「仙、キヨのこと、くれぐれも頼む」

若者は仙蔵の手を両手で握った。

拓也は、屋敷から出てきた若者をどこかで見たことがあると思った。羅来留に目を向けたが、羅来留は何も言わずに立っているだけだった。

「正太郎さん、あんた、本当にキヨをこのまま行かせていいんだか？」

正太郎と呼ばれた若者の肩を仙蔵は何度も揺さぶった。正太郎は俯き、唇をかみしめている。

「俺だって日向なんぞにやりたかねえんだ。けんど俺にはどうにもできねえ。仕方ねえんだよ」

正太郎は涙声になった。

「だから、せめて、せめてキヨを無事に。な、頼む」

「小せえ頃のままだったらずっと三人で一緒にいられたのにの。あの頃に戻りてえの」

仙蔵は昔を懐かしむように目を細め、涙を拭った。

「そだな。昔に戻れたらどんだけいいか」

涙を拭いながら正太郎は仙蔵の肩に手を掛けた。

「キヨを頼むのう」

二人のやりとりを見ながら拓也は思った。

キヨという娘とこの二人は家格の違いこそあれ、幼い頃はずっと一緒に育ってきたに違いない。そんな三人に別れの時が来ている。

見ている拓也の心に何ともいえない切なさが溢れ、涙がこぼれ落ちてくる。それは同情や感情移入などというものではなく、夢の中で自分自身が襲われている悲しみのようでもあった。

自分も幼い頃から彼らと一緒に過ごし、キヨへの思いを募らせ、別れなければならない一人としてそこに立っているのだ。キヨという娘に会ったこともないというのに。

拓也は今、この世界を彼らと共に生きている一人になっていた。

正太郎やキヨが琳太郎と未咲希に重なってくる。自分たちにもいつか、別れが来る。そう思うとさらなる切なさが心の底から迫り上がってきた。

空は涙雨を落としている。

涙が滴った。どうして涙がこぼれるのか、なぜこんな気持ちになるのか、拓也は不思議でならなかった。

# 4　流した涙のわけ

正太郎と仙蔵、キヨは今日も村を流れる川の中を走り回っていた。

正太郎は代々村長《むらおさ》の家に生まれ、仙蔵の父親はマタギ、キヨは百姓の家の娘だ。家格は違うがまだ子供の三人にそんなことは関係がなかった。

日影は二十軒ほどの家が集まる小さな集落だ。村の南側にある日向山の麓には日加祁神社があり氏神とされてきた。北西の山から流れる川に沿って棚田が村の手前まで広がり、秋には黄金色の稲穂を風に揺らす。

ほとんどの家は自給自足で生活をしていたが、手に入らないものは年に数回やってくる行商か、村の誰かが山を越えてたまに出かける日向村で購《あがな》ってきてもらっていた。

山深い集落だけに村外との往来はめったになく、取り残され、忘れられた村という風だった。

「ほれ、これでやってみろぉ」

切り取った篠竹の先を小ぶりの鉈で尖らせた銛《もり》を仙蔵は正太郎に渡した。十歳になった仙蔵は父親からマタギとしての技を少しずつ教えられ、たまに、父親と山に入ることもあった。キヨは正太郎や仙蔵より一つ歳下だ。

「よし、見てろよ」

華奢な体に下帯を巻いている正太郎は大きく息を吸い込み、仙蔵から渡された銛を持って岩の下に潜り込んだ。仙蔵とキヨは対岸の岩の上に座って見ている。

しばらくすると少し下流に流された正太郎が水面を割り、顔を出して荒い息をついた。

「だめだあ。体が流されてねらいがさだまらねぇ」

正太郎の声を聞いて仙蔵は大きく笑い、すぐに着物を脱いで水の中へ跳び込んだ。子供ながらに肩幅が広く、がっちりとしている仙蔵の体はいかにも父親譲りだ。

「どれ、銛を貸してみろ」

篠竹の銛を正太郎から受け取ると、大きく息を吸って水の中に潜った。

正太郎は水を滴らせながらキヨのいる岩の上に戻って座った。

夏の太陽が濡れた体を温める。仙蔵が沈んだ辺りを見ているキヨの横顔を正太郎は眩しそうに見つめた。

「仙チャ、捕まえるかな」

仙ちゃんを縮めていつしかそう呼ぶようになっていたキヨは、光る水面に目を細めている。

「仙なら大丈夫じゃろ。マタギの子だからの」

畑仕事の手伝いで日に焼けてはいるものの、はつらつとしたキヨの笑顔は可愛らしい。

三人は物心ついた頃から一緒に山を駆け回ったり、川で魚を捕ったりして遊び回っている。

山や川は自然の恵みで溢れていた。初夏には甘酸っぱいキイチゴがそこかしこに実り、それを摘んでは口に放り込んだ。秋には山栗やドングリ、クルミ、キノコも飽きるほど採れた。山が豊かならそこにやってくる動物たちも多い。

村には畑をやりながら山へ狩猟にも入る何人かのマタギがいるが、その中でも仙蔵は熊や鹿などを捕る名人の子だ。正太郎にはなかなか捕まえられないヤマメやイワナなどの魚を捕まえるのもお手のものだった。捕まえた魚を竹串に刺し、火で炙って食べることは、三人の密かな楽しみでもあった。

「仙チャ、まだ出てこないよ」

キヨは心配そうに正太郎へ顔を向ける。

「うん」

正太郎は仙蔵を心配しながらも、昔のことを思い出していた。

あれはどのくらい前のことだっただろうか。今日と同じように三人が川辺で遊んでいた時だ。キヨが足を取られ、スーッと流れにさらわれそうになったことがあった。驚いてすくんだ所にキヨの腕をサッと摑んで引き上げた手があった。

あれは誰の手だっただろうか。

「キヨ、小さい頃、お前が川に流されそうになったことがあったじゃろ」

「そんなこともあっただなぁ」

「あの時キヨを助けたのは誰だったかなあ」

正太郎は記憶をたぐりながら尋ねた。

「三人で遊んでいたんだから、正太郎さんか仙チャだったんじゃなかったかの」

「そうかあ」

ならばそれは仙蔵だと思った。正太郎は手を出した覚えはない。体がすくんで動けなかったのだ。仙蔵なら力があるし、キヨを引っ張り上げることもできただろう。

「仙だったのかな」

それで納得しようとしたものの、何かが違うような気がした。正太郎の記憶の中には、キヨが声を上げげた時に伸びたのが、自分たちよりもずっと細く、頼りなさそうな手だったことが朧気ながら残っているのだ。

それならあの手はいったい誰のものだったのか。

突然水が割れ、顔を出した仙蔵が大きく息を吸った。手に持った篠竹には大ぶりな魚が刺さっている。

「やっぱり仙はすごいのぅ」

正太郎は感心していた。

「すごい、すごい！」

キヨも手を叩いて喜んでいる。

「どうだ、キヨ、俺のとこに嫁に来たら食うに困らねえぞ」

魚を見せながら岩に上がり仙蔵はキヨに笑いかけた。

「うん。行く、行く」

キヨは無邪気に喜んでいる。

「あ、正太郎さんのお嫁さんにもなる！」

喜ぶ自分をじっと見つめる正太郎に気づいたキヨが腕を絡めて笑った。

「じゃあ、キヨは俺と正太郎さんと二人の嫁さんだなあ」

仙蔵は大声で笑った。正太郎もほっとして相好を崩した。並んで座る三人は岩の上からきらきらと光を反射しながら流れる水面を見つめていた。


仙蔵が十五歳の時、父親の銀次が山で熊に襲われて死んだ。

熊射手《くまいて》の銀といわれるほどの名手だったが、そうなってしまえばあっけないものだった。

銀次からマタギとして獲物を仕留める術を仕込まれていた仙蔵は、父のあとを継いで山に入るようになり生活を支えたが、気を落とした母親も病を患い、時を経ずしてあとを追うように死んでしまった。

兄弟のいない仙蔵は若くして一人暮らしになった。

正太郎もキヨもそんな仙蔵を気の毒に思い、何かと世話を焼いたが、すでに三人は昔のように無邪気に過ごせる年齢ではなくなっていた。

　正月を迎えると数え十七歳になる秋。

　キヨはいつものように天秤桶を担いで村外れまで戻ってきた。川から家まで水を運ぶのは、父の勘助が病に臥《ふ》せってからはキヨの仕事になっている。

　気がつくと大きな石の上に若い男が腰掛け、脚絆《きゃはん》を解いている。足下に重そうな行李《こうり》箱が置かれていた。

「どうなさったのすか？」

　村へ行商に来た人だろうと思い、キヨは桶を置いて声をかけた。

「ちょっとばかし足ばひねっちまって」

　男は日向村にある篠屋という小間物屋の長男で信之介と名乗り、顔をしかめながらわけを話し始めた。

　父親に代わって行商に出たものの、峠を急いで下ってきたら左足をひねってしまったそうだ。それでも我慢して歩いていたら、ここまで来ていよいよ歩けなくなってしまったという。

「ちっと見せておくんなさい」

　キヨが屈んで足を触ると足首が熱を持ち、くるぶしもわからないほど腫れ上がっている。

「だいぶ腫れてなさるねぇ」

すぐに首に掛けてあった手ぬぐいを桶の水に浸して足を拭くと、座っている信之介の前に桶を置いて中につけさせた。

「せっかく汲んできた水なのに申しわけねえ」

男は頭を下げた。

「なんの、心配ねえ。水なんぞまた汲んでくりゃええ。それよりこれじゃ歩けねえな。今日はどこさ泊まることになってるのすか？」

篠屋は行商で来るたびに村長《むらおさ》である榊谷の家へやっかいになっているそうだ。今日もそこへ泊めてもらうことになっていると言う。

「この足じゃお屋敷までは歩けんのう。すぐに暗くなるし、ちょっと待っててておくんなさいね」

キヨは村の中へ走って行き、直《じき》に大柄な若者を連れて戻ってきた。

「おらの幼なじみの仙蔵だ。仙チャが山に入ってなくてよかっただ」

「話はキヨから聞いたで。俺が背負ってお屋敷までいきますけ」

仙蔵は信之介の前に屈むと懐から笹葉の包みを取り出した。

何をされるのか心配そうな信之介に説明をしながら、仙蔵は足首に薬を塗り始めた。

「こりゃ、俺たちマタギの薬じゃ。山に入るとな、怪我してもすぐに村に戻ってこれんで、いつも持ち歩いてるもんだす」

「申しわけないですのう」

安心した信之介は何度も何度も繰り返し詫びていた。

仙蔵は持っていた手ぬぐいを引き裂くと強く足に巻き付け、腫れている足首を固定した。

「お前《め》さんを先にお屋敷まで運んだあとで荷物は持って行くで、とりあえずそこのキヨの家へでも置かせてもらっときまっしょ」

仙蔵は荷物を軽々と持ち上げ、キヨの家の戸口に運んで叫んだ。

「おっかあ、いるか」

子供の頃からキヨと兄妹のように育った仙蔵は、昔から自分の親だけでなくキヨの母親もそう呼んでいた。

「おお、仙蔵かい。どうしたね」

中からキヨの母親のトキが顔を出した。

「行商に来た篠屋の若旦那が足ばひねってそこで歩けなくなってしまったんだと。お屋敷まで負ぶっていくんだがの、でかい荷物ばあるでちょこっと置かせてもらってええかの」

「そりゃかまわんが」

トキは膝を折ったキヨと話している男にちらりと目をやった。

「いつもは篠屋の旦那だけんど、今回は若旦那なんだの」

「若旦那をお屋敷まで運んだら、荷物を取りにくるけ」

仙蔵は荷物を屋根の下に入れ、キヨと篠屋の所へ戻った。

「したら、おらは先にお屋敷へ行って話しておくで、仙チャ、頼むで」

キヨは水桶を家の前に置くと丘の上に向かって走り出した。

「だら、篠屋さん、俺《おら》の背中に乗ってくだせえ」

信之介を背負うと、仙蔵は屋敷に向かってゆっくりと歩き出した。


榊谷の屋敷に数日逗留すると信之介の足の腫れもかなり引き、次の村へと行商に出て行った。逗留している間、主や正太郎に恩人のキヨや仙蔵のことをいろいろと尋ねた。キヨの父親が寝たきりであることや、仙蔵は両親が他界して一人で暮らしていることなども聞いた。

村を出る時にはキヨの家まで来て、世話になった礼を述べながら赤い櫛をキヨに、小ぶりな山刀を仙蔵にそれぞれ置いて去って行った。

篠屋から信之介の嫁にキヨを欲しいと話があったのは、それから半年ほど過ぎてのことだった。怪我をした信之介の介抱をしたキヨの気立ての良さや、すぐに仙蔵を連れてきた気転の速さに感心して、信之介はとても気に入ったらしい。

旅支度のキヨと仙蔵は榊谷の屋敷の庭にいた。

「キヨ、向こうへ行ったらな、かわいがってもらうんだぞ」

村長《むらおさ》でもある正太郎の父が声をかけた。

「おら、百姓だから商いのことは何もわかんねえけんど」

キヨは不安そうだった。

「そんなことは承知の上で篠屋はお前に来てくれと言ってるんだ。心配するな」

「でんも」

「篠屋ではな、お前は若女将だ。姑の言うことをよく聞いて、少しずついろいろなことを覚えていけばいい」

「へえ」

正太郎はキヨを見つめていた。

「奉公人も何人かおるじゃろうから、いろいろ教えてもらいながらな。若女将だからといって奉公人を見下したりせんように気をつけるんだぞ。まあ、お前ならそんなことはないと思うがの」

榊谷の家では数枚の着物や手鏡など、キヨの嫁入り道具を用意して、雨に降られても濡れないように油紙で丁寧に包み、葛籠に詰めてあった。

「仙蔵、キヨの嫁入り道具じゃ。少し重いかもしれんが担いで行ってくれるかの」

「なんの。山から熊を担いでくることを思えばそったらこと」

大した事ではないと言いながら仙蔵は正太郎に目をやった。正太郎はかなり力を落としているようだった。

「頼むでな。こんなこと、一人暮らしのお前にしか頼めんが……」

主は申しわけなさそうに話す。

「日向に行ったら、お前もすぐに戻ってこんで、キヨが落ち着くまでしばらく向こうの村にいてくれるとありがたいのだ。そうすればキヨも心強いじゃろうからな。どうかの」

仙蔵は話をしている主に目を戻しながら答えた。

「そりゃ、かまわねっすども」

「キヨ、どうじゃ」

「へぇ。そりゃ仙チャがいてくれりゃ心強いけんど」

そんな無理なことを頼んでもいいものかとキヨは思った。

「なら、勘助とトキには話しておくからな。それなら二人とも安心するじゃろて」

篠屋では、狭いが店持ちの家がいくつかあるのでその一つへ仙蔵に住んでもらってよいという。もちろん、家賃などはいらない。一人が食っていけるぐらいのことは何とでもするというのだ。自分を背負って屋敷まで運んでくれた仙蔵にも、信之介は少なからず恩義を感じているということらしい。

「正太郎さん、ごめんのぅ」

二人が屋敷を発つ時、正太郎の所へやってきてキヨは、ほろりと涙の雫をこぼした。

キヨが何を謝ったのか、はっきりとはしなかったが、昔、仙蔵と三人で交わした約束が果たせないことへの詫びではないかと正太郎は思った。

もちろん、成長とともに正太郎とキヨが夫婦《めおと》になることなどできることではないとわかってきてはいた。それとも、涙はこの村でいつまでも三人で暮らしていけないことへの心残りからだったのだろうか。

「キヨ、達者でな」

こぼれるキヨの涙を指で拭ってやった正太郎は、手甲《てっこう》を巻いた両手を取り、別れを告げた。仙蔵はそれを見ないように背中を向けている。

「正太郎さんものぅ」

笑顔になろうとするキヨの顔が歪んだ。

「さて、そろそろ行こうかの」

葛籠を背負った仙蔵が歩き始める。キヨは正太郎とその父親に丁寧に頭を下げたあと、細い杖を突きながら仙蔵に続いた。

二人の姿が見えなくなるまで屋敷のある丘の上に立って見送っていた正太郎の頰にも涙が伝っていた。

キヨの家で父母に別れを告げ、二人は村を出た。空は今日も厚い雲に覆われている。

日加祁神社の前まで歩いてくると、キヨは立ち止まって石段の上を見上げた。

「ちょっと待ってくんろ、仙チャ。オヒカゲ様にもあいさつをして行かなぁ」

二人は石段を上り、社の前に立った。

境内は木立に囲まれてひんやりとしている。蟬時雨が頭の上から降り注いでいた。いつまでも三人でいられると疑いもしなかったあの頃、よく遊びに来た境内だ。

——オヒカゲ様、今までありがとうございました。

社の前で手を合わせて目を閉じた。

——私は村を出ますけんど、正太郎さんや仙チャをいつまでもお守りください。お父やお母や村のみんなをお守りください。

二人は手を合わせながら、無邪気に遊び回っていた日々を思い出していた。


「さあて、キヨ、遅くならんうちにいくかの」

隣で手を合わせていた仙蔵が促す。

「もうこの村に帰ってこないのかと思うと寂しいのう」

キヨの呟きに仙蔵には返す言葉がない。

石段の上から見える故郷をしっかり目に焼き付けようとでもするかのように、キヨは立ち止まり、名残惜しそうに見下ろしていた。

小さな村だがキヨにとっては生まれてからこれまで、そこが唯一の世界だった。村を取り囲むように連なる山。村の中を流れる川。どれも自分を育ててくれた大切な風景だった。

こんな日が来るとは夢にも思わなかった。三人で山や川を駆け回っていたあの頃は、村を出て生きていくことなど考えもしなかった。

けれどもキヨが病の父親の代わりに畑仕事を手伝うようになると、いつまでも無邪気な子供のままではいられなくなった。父親が元気な時ほどの収穫は上がらず、日々暮らしていくのがやっとだったが、それでも村には幼なじみの二人がいた。仙蔵は鹿や熊の肉、川魚などをしばしばキヨの家へ届け、正太郎の家でもわずかではあるが、食物や必要な物を届けていた。やがて、お互いに立場の違いがわかってくると三人で幼心に誓ったことなど幻に過ぎないと思い始める。それでも、三人がこの村で生きてさえいればお互いに心をつないでいられると思っていたのだ。

「さよならの」

誰に言うともなくキヨは囁いた。

いつの間にか暗くなった空から、今にも雨が落ちてきそうだった。

「さあ、雨が落ちてこんうちに」

再び促す仙蔵のあとについて、キヨは一歩ずつ石段を下り始めた。中ほどまで下りた時、不意に何かを思いついたようにキヨが立ち止まった。

「どうしたんじゃ？」

仙蔵が振り返ってキヨの顔を見上げる。キヨの目は村を見ているようでもあり、もっとずっと遠くを見ているようでもあった。

御神木である楡の木の葉が風にざわめく。

その時、一瞬、キヨは体を震わせた。

「のう、仙チャ。今、思い出したんだけんどなぁ」

「ん、何じゃ」

この村を出ることになり、これまでの思い出が一度に溢れかえったのだろうと仙蔵は思った。幼い頃の楽しかった日々。仙蔵の親の葬式。キヨの父親が病に倒れてからのこと。

仙蔵も村を眺めながら思い出していた。

「ずっとずっと小さかった頃なあ、三人の他にもう一人誰かいたんではなかったかのぉ」

「え？　そんなぁ」

仙蔵はそう返事をしたが、キヨが言うとおりだったかもしれない。でもそれが誰だったのかは思い出せない。

キヨは不思議な思いにとらわれていた。いつも一緒に遊んでいたという記憶はない。その子はたまにキヨや正太郎や仙蔵の前に姿を現した。川で魚を捕っていると岩の上に座っていたり、森を駆け回っていると三人の間で一緒に走っていたりした。

思い出そうとしてもその姿は像を結ばず、朧な光にしかならない。男なのか女なのかもわからなかった。

「思い出せないのう。でも、そう言われてみれば誰かいた気もするのう」

仙蔵はキヨの言葉で何となくもう一人いたような気がしてきた。

白い影が仙蔵の脳裏に浮かび上がる。正太郎とキヨと仙蔵。そしてもう一人の白い影。いつも一緒にいたわけではないが、いつも、いつも自分たちの側にいた。危ない時には必ずその影がそこにいて自分たちを守ってくれたのだ。

「白い奴」

「そう、白かった」

キヨも頭の中で同じ色の影を追いかけていた。

振り返ってキヨは再び社に目を向けた。楡の葉がざわめいた。

「あっ！」

思わず声を上げたキヨは、この境内でも白い影と一緒に遊んだことを思い出した。男の子だ。白い着物を来ていた。

突然彼の名前が頭の中によみがえってきた。

「ラ……クル」

ラクルという名の男の子だ。

ぼやけていた記憶の焦点が像を結んで、白い着物で立っている男の子の姿が浮かび上がった。

「ラクルという男の子」

キヨの声に仙蔵が頷いた。

「ああ、そうだった。すっかり忘れていたけんど。ラクルがいたなあ」

キヨが足を取られて川に流されそうになった時、サッと手を伸ばして引き上げてくれたのはラクルだった。山の中で遊んでいて大きなイノシシに遭遇した時、その前に立ち塞がって追い払ってくれたのもラクルだった。

ラクルは三人に危険が迫った時、知らないうちにどこからかやってきてそこにいた。村の子ではなかった。でも三人には彼がそこにいることが少しも不自然ではなかった。ラクルがそこにいることが当たり前だった。彼はどこからかやってきて、三人を助けると、またどこかへ帰って行ったのだ。

なぜだろう、すっかり忘れていた。まるでそんなことはなかったかのように、ラクルのことは自分たちの記憶から抜け落ちてしまっていた。

「ありがとうの」

ラクルに語るように呟き、キヨと仙蔵は社に向かって深々と頭を下げた。

風に楡の葉がザワッと揺れる。二人はそれを見上げてから向き直って石段を下りていった。

利吉の茶屋は、日影村から七里ほど山を登った峠にある。ここからは二人が向かう南の日向村と西の荒谷《あらだに》、東の海沿いにある大戸《おおと》村へと四方向に道がのびている。日影以外は割と大きな村だったので人の行き来は多かったが、日影へ下ったり日影から登ってきたりする者はめったにいない峠だった。

キヨと仙蔵は、昼の握り飯を持たせてくれた利吉と女将に、一晩泊めてもらった礼を丁寧に告げて日向村へと峠を下り始めた。

久しぶりに顔を出した朝の太陽は、まだ山を照らし始めたばかりだった。下りとはいえ女子《おなご》の足には長い道のりだ。それもあって今日は篠屋が駕籠で途中まで迎えに来ることになっている。

蒸し暑い日だった。二人は額の汗を拭いながら山道を下っていった。竹筒に入れた水がすぐになくなる。

「どれ、キヨ、ちょっと休んで待ってろ。水を汲んでくっから」

仙蔵は山中のどの辺りに水が湧き出ているのかよく知っている。二人分の竹筒を持って沢筋へ降りていった。

一人になったキヨは近くの大きな石の上に腰を下ろして汗を拭きながら、神社をあとにする時に思い出したラクルのことを考えた。今考えれば不思議な子だった。でも、あの頃はそんなことを少しも感じなかった。なぜだろう。彼と言葉を交わした記憶はないが、自分たちの友達だった。ラクルだけではない。山や川や畑や森、姿は見えなくても至る所に幼い自分たちの仲間がいたような気がするのだ。

ラクルの姿が見られなくなったのはいつ頃からだったろうか。彼はどこへ行ってしまったのだろうか。

ごそごそっと草をかき分ける音がして、仙蔵が谷から上がってきた。

「ほれ、冷てえ水だぞ」

仙蔵に手渡された竹筒は、外側まで冷たくなっていた。キヨはそれを額に当ててにっこりと微笑む。

「仙チャ、ありがと。こうすると、とってもいい気持ちだなあ」

「そうだな。体がだいぶ火照っているからのう。これから先も所々で水が出ている所があるけ、なくなったらまた汲んできちゃるぞ」

仙蔵は置いてあった荷物を背負って再び歩き出した。キヨもそのあとを追う。

昼飯を食べ終わる頃には、それまで晴れていた空がにわかに曇り始め、雨が落ちてきそうな雲行きに変わってきた。遠くで雷の音も聞こえる。急に冷たくなった風が木々の間を通り抜けてきた。熱のこもった体には気持ちがよかったが、仙蔵には夕立の前触れだとわかっていた。

「降ってきそうだなあ。キヨ、少し急ぐぞ」

二人は足を速めて山道を下った。

時々山の向こうの空が光り、雷鳴が鈍い音を響かせた。

木々がざわめく。

ポツリポツリと雨が落ち、蓑笠に当たって音を立て始めた。

「雨だなやあ。仙チャ、どこかで雨宿りをするようかの」

足を止めてキヨは空を見上げた。仙蔵も立ち止まって空を見上げる。

「これくらいならまだ大丈夫だ。もう少し降るようならどこかに見つけるで」

背負っている葛籠を体になじませるように揺すってから仙蔵は再び歩き出した。

やがて木々の葉を叩く雨音が大きくなってきた。雨水が道を流れ落ちていく。

「こりゃあいかん」

仙蔵は雨をしのげる場所を探して辺りを見回した。雷が鳴っている時は高い木の陰は危ない。低木の藪に身を潜めるのはマタギの知恵だ。

突然空が光って大きな雷鳴が轟《とどろ》いた。

「いやあああああ！」

悲鳴を上げてその場にしゃがみ込んだキヨを庇うように、仙蔵が覆い被さった。葛籠に当たる雨粒が大きな音を立てている。

さらに雨が強くなった。

「大丈夫だか？」

「仙チャ、ありがと」

「おお。いい、いい。俺はいつでもキヨを守っちゃるでな」

「うん」

大木から離れた藪を仙蔵は山刀で開き、二人はその中に入って雨をしのぐことにした。仙蔵は自分の蓑をキヨに掛けてやった。

しばらく二人は雨音を聞いていたが、やがてキヨが口を開いた。

「なあ、仙チャ。本当はな、ずっと村で暮らしていたかったんよ」

仙蔵は黙って聞いていた。

「仙チャと正太郎さんがいる村でな、ずっと一緒にいたかった」

仙蔵が鼻をすすり上げた。

「でも、そういうわけにはいかねえだろうなあって、でかくなってからはやっぱりどこかで思ってもいたんよ」

雨の音が続いている。藪を濡らす雨粒が体に滴る。

「小っちぇえ頃のまんまでいられたらよかったのにの」

独り言のように呟くキヨの悲しみが伝わってくるようだった。

雨が一段と激しくなった。山道にできた水たまりの中で雨粒が踊っていた。

二人はそれぞれ何かを思い、何かを見つめている。それは通り過ぎてきた大切な記憶だったのかもしれない。

空は音を立て、時々光を放っている。

どのくらいそうしていただろうか。雨脚が弱まってきた頃に仙蔵がためらいがちに声をかけた。

「のう、キヨよぅ」

キヨは身動きもせず何かを考えている。

一度大きく息を吸い込んだ仙蔵の口からボソリと声が漏れた。

「このまま、俺とどこかへ行って二人で暮らさんか」

キヨは返事をしない。

「昔、俺の嫁になるって言ってたじゃろう」

「正太郎さんにも言った」

「ああ、そうじゃ。でも、正太郎さんの家は村長《むらおさ》だぁ。かなわねえことだってわかってたんじゃろ」

「あの頃はそんなこと考えたことなかった。でもあとになればのう。仕方ねえって」

「だから、俺と……」

「仙チャ、そうできりゃいいけんど、今さらそれはできねえ。おらがいなくなったらお父とお母は生きていけねえもの。それにこんなによくしてもらった榊谷の旦那さんにだって申しわけねえ」

仙蔵は黙った。そんなことはわかっていた。でも、やはり言わないわけにはいかなかったのだ。

雨音はだんだんと小さくなっていく。雲の切れ間から落ちる陽の光が、木々の葉の間を通り抜けて差し込んできた。

気がつけば雷鳴は遥か遠くに去っていた。

「そうだの。無理な話だの。今の話は忘れてくれろ」

自分に言い聞かせるように呟き、キヨに被せた自分の蓑を取って仙蔵は腰を上げた。

「仙チャ、ありがとの」

仙蔵は答えなかった。

「さて、雨も上がったし、でかけるかのう」

手を取ってキヨを立ち上がらせ、雨水がちょろちょろと流れる道を歩き始めた。

「雨はすっかり止んだのう」

立ち上がったキヨは、明るさを取り戻した空を見上げて仙蔵のあとに続いた。

# 5　「特別」を探して

ヒカゲ村から日那田神社の境内に戻った時、三人は我を失い、しばらく呆然としていた。自分たちの身に起こったことが信じられない。夢を見せられていたのではないだろうか。きっとあれは現実ではないのだ。恐ろしいことに巻き込まれながらも、妙に気持ちが高ぶり、興奮していた。何をどう考えたらいいのか、自分たちに起こったことが何なのか、整理できずに戸惑うばかりだった。

結局、ヒカゲ村で琳太郎たち三人が顔を合わせることはなかった。

それぞれが羅来留に連れられ、それぞれの場面と遭遇してきた。落ち着いて考えれば、一つ一つは同じストーリーの中の重要なパーツであり、必ずヒカゲ村の歴史のどこかにつながっている。一本の映画で描かれた物語の異なるカットを、三人がそれぞれに見せられたのだ。それは、点滅するストロボの光の中で動く人を見ている感じにもよく似ていた。

琳太郎は、そのパーツが、自分たちと深く関わり合っているに違いないと感じた。どのように関わり合っているのかはまだわからないけれども。

自分が見てきた場面はわかるし、その前後も何となく想像がつくのだが、それ以上のこと、つまり、この物語はどのように始まりどのような結末を迎えるのかという、全体像がまったくつかめないというもどかしさも感じていた。

特に未咲希は、今の状況にだいぶ慣れてはきたものの、理にかなった説明ができない出来事との遭遇に、まだまだ混乱がおさまっていない。

学校での羅来留は、ヒカゲ村での彼ではなかった。あの村のことを問い質そうとしたり、三人が見たことを確かめようとしたりしても、いつものように俯き、黙っているだけだった。

羅来留を問い詰めるのはやめようと思った。遭遇する出来事が深くなればなるほど、彼から聞き出せることは少なくなってきている。自分たちが特別な存在で、何らかの使命を託されているなら、いつか必ず、すべてがつながるはずだ。

「ねえ、町の図書館へ行って、あの村がどこなのか地図で調べてみようよ」

自分の周りで起こっていることを少しでも理解しようと、未咲希が琳太郎と拓也を誘った。

琳太郎は二人と図書館に向かったが、そこで解決できるなどとは到底考えられなかった。

（あの村は、自分たちが生きているこの世界とは別の次元にある世界なのだろう。おそらく、地図にはない。無駄な努力はせずに、本来自分たちのなすべきことである受験に向き直ったほうが良いのではないだろうか。それぞれの進路に向かって机に向かう日々に、今ならまだ戻れる）

そうは思うものの、きっとこの出来事の顛末が気になり、参考書やノートを開いても上の空になるだろう。現に教室で琳太郎も未咲希もあの村のことをいつの間にか考えている。拓也だって同じだろう。それならやはりヒカゲ村や羅来留のことにけりをつけてからのほうが良いのではないか。どれだけ時間がかかるかはわからない。もしかしたら一年を棒に振ることになるのかもしれない。だが、学校の楡の木の上での羅来留の緊迫した様子を思い出すと、「特別」の理由がわかるまでにそれほど時間はかからないだろうという気もしていた。

「君たちは特別」

羅来留の言葉が聞こえてくるようだ。

頭の中で堂々巡りをする思いに決着をつけられない自分がいた。未咲希や拓也は割り切れているのだろうか。

「ねえ、いつ頃の時代のことなんだろう」

未咲希の声で我に返った。彼女はテーブルに広げた地図を指でなぞっている。

誰にもわからなかった。はっきり言えるのは、少なくとも今よりも遥かに昔だということだ。まだ、人々が自給自足で暮らしていた時代。村はあまり豊かではなさそうだった。

広げた地図の日那多神社に付箋を貼る。この社の中から自分たちはどこへ出たのだろうか。近くに神社の記号やそれらしき場所は見当たらない。

「日加祁神社があるのも日向山だった」

琳太郎は羅来留に教えられたことを思い出した。

「だとすると、日那多神社が日向山の南側だから、単純に考えたとして……」

拓也が日向山の裏側、ちょうど山頂を挟んで日那多神社と対になる北側斜面に指を滑らせた。

「……何もないな」

「それって、単純すぎるんじゃない？」

未咲希が地図をのぞきこむ。

「日向山の北側は谷になっていて人が住めそうな所はないわ。周りに山が迫っているし。地図にも集落らしきものは見当たらないよ」

「日那多神社から日加祁神社まで、俺たちがどのくらいの距離を移動したかわかればなあ」

拓也が嘆く。

「でも、どれだけ移動していようとも、日加祁神社は日向山の麓にあったんだ」

「羅来留が言っていることが正しければね」

正しいかどうかはわからない。あくまでも羅来留の言うことなのだ。それを確かめているほどの余裕はなかった。というより、あの時は羅来留の言葉を疑いもしなかった。そんなことを考えられないほど途方もないことが起こっていたのだ。

「もっと昔の地図はないのかなあ」

「昔ってどのくらい？」

「三百年ぐらい前かな」

　未咲希はあきれ顔で拓也を見た。

「そうはいっても、ある程度ちゃんとした地図ができたのは伊能忠敬以降でしょ。それだって二百年ぐらい前の話だよ。それに、細かいところまでわかるようになったのは本当に最近じゃないの？　明治になって本格的に測量が始まったんだから」

「そうだよなあ。それよりも前はちゃんとした地図なんかないもんなあ」

「あったとしても、小さな村なんか載ってないだろうし」

「でも、もしかしたら絵地図のようなものは残っていることだってあるかも。例えば商売なんかで村から村へ行き来するための道の覚え書きみたいな簡単なやつ」

　琳太郎は思いつきで言ってみた。

「だけどそんな資料、今の時代、みんな発見されてるだろ？」

「そうでもないんだよ。今でも時々古い家から貴重な資料が見つかるなんてことあるみたいだよ」

「古い家だって？」

　琳太郎と未咲希がはっとして顔を見合わせる。

「お前らの家、昔からの家だよな。蔵があったよな」

　裏返った拓也の声が新鮮なもののように耳に飛び込んできた。

「拓の所は？」

「俺の家は分家だからな。本家はどうなのかな。わからないよ。どのくらい昔からあるんだろう。聞いたことも考えたこともない。少なくともお前らの所のようにお大尽様じゃなかったみたいだから、蔵なんかないけど」

「私の家は、昔、この町で小間物屋だったたって聞いたことがある。琳の所は？」

「庄屋だったたって。農家だったんだろう。古い道具が納屋にたくさん置いてあったような気がするけど。でも、そんな昔の話、聞いたことないからなあ。今じゃ親父は会社員だし」

「でっかい企業の重役だけどな」

「私と琳の家の蔵をあさったら何か出てくるかもね。面白そうなことになってきたけど。その前に、と」

未咲希の目はキラキラと輝き出し、拓也は俄然興味が湧いてきたというように顔を両掌で叩いた。顔を叩くのは柔道を習っている拓也が気合いを入れる時の仕草だ。

これまで自分のルーツなど気にしたこともなかった琳太郎は、自分の生命《いのち》は過去から脈々とつながっているものだと感じ始めていた。それぞれの時代で生きていた人たちがいて、生活があり、思いがあったはずだ。それらが凝縮されて今の自分がここにいる。こんなことをこれまでに考えたことはない。

「その前に、何？」

拓也の問いかけに、三人がヒカゲ村で見たことを共有しておこうと未咲希は言った。こちらに戻ってきてからお互い簡単には話をしたが、どこがどのようにつながっているのか、一人だけが知っていて他の二人が知らないことは何か、三人が同じように知っていることは何かを明確にして、三つのパーツをつなげておきたいのだそうだ。未咲希らしい提案だ。自分たちの周りで起こっていることを理解するためにも、整理しておかなければならないことだった。


図書館のテーブルを囲んで三人は順番に自分がヒカゲ村で見てきたことを話し始めた。

未咲希がそれぞれの話をつなげながら文字や図で丁寧にノートへ書き込んでいく。

「それで、キヨという子がめっちゃ未咲希に似ていて、一瞬、間違えた」

琳太郎は水桶を肩にかけたキヨを未咲希と間違えたことを伝えた。

「えっ。私はその子の家へ行ったんだよ。父親が病気で寝ていて、暮らしは大変そうだった」

未咲希がキヨの家で見たことを話した。

「私も何だか自分を見ているみたいで変な感じだったよ」

「俺はその子に会わなかったなあ」

拓也は、村長《むらおさ》の家での仙蔵と正太郎のやりとりについて詳しく話をした。

「見ていて俺まで泣けてきちゃって」

「結局、嫁いで行くことになったんだね」

未咲希はキヨが嫁入りするのかどうかまでは知らなかったので拓也の話を聞いて理解した。

「うん。日向村の篠屋って言ってた。日向村って、昔のここのことなのかなあ」

「あれ?」

未咲希が突然鉛筆を止め、首をかしげた。

「篠屋? 私は篠田だけど、篠って私の姓の一部じゃない。私もあの時、彼女の嫁ぎ先を聞いたけど気づかなかった」

「本当だ。日向村の篠屋って小間物屋だったりして」

「そうだったら、私の家じゃないの。関係あるのかなあ」

「そういえば、丘の上の正太郎の家も榊谷って言ってた。俺と関係があるのかなとその時思ったんだ」

「あっ!」

琳太郎は忘れていたことを未咲希と拓也の話を聞いて思い出していた。

拓也が素っ頓狂な声を上げた。二人は驚いて拓也を見る。

「どうしたの、いきなり。驚かさないでよ」

未咲希が拓也をとがめる。

「わかったぞ」

「何がわかったっていうのよ」

未咲希と琳太郎は拓也が何を言い出すのか興味津々で顔を見つめた。

「正太郎」

「正太郎がどうしたの」

「誰かに似ていると思ったんだけど、あの時は思い出せなかったんだ」

「誰に似てるんだ？」

「お前だよ。琳、お前に似てたんだ」

「俺に？」

「そうなんだ。生き写しというわけではないけれど、何というか顔の作りというか、雰囲気が似ていたんだよ」

琳太郎は少し戸惑う素振りを見せた。榊谷という姓を知った時に自分の家と関係があるのではないかと思ったことは確かだが、正太郎が自分と似ているとは気づきもしなかった。

「やだぁ。なんか鳥肌が立ってきちゃった」

未咲希は両腕を擦りながら背中を丸めた。

「羅来留は、俺たちが特別だと言ってたよな」

琳太郎は彼の言葉を思い出しながら二人の顔を交互に見た。未咲希と拓也は頷いている。

「日那多神社の楡の木の前でも」

未咲希が続ける。

「女の人の声が〝特別〟だって」

「いずれわかる、とも」

はっきりとはしないが何が特別なのか三人にはわかるような気がしてきた。自分たちとヒカゲ村とは、たぶんどこかでつながっているのだ。琳太郎は榊谷の家と、未咲希はキヨと。

「それじゃ、俺はどうなんだ。俺は何とつながっているんだ？」

拓也はあの時の自分の姿を思い出していた。まるでマタギだった。だとすると、嫁に行く娘を送り届けることを頼まれていた仙蔵というマタギとつながるのだろうか。それに、あの時の悲しいほど切ない涙。二人は仙蔵の姿を見てはいないらしいが、拓也は自分が考えたことを伝えてみた。

「うーん。そうかもしれないし、違うかもしれないね」

「俺たち二人はその人に会っていないし、それは、わからない」

未咲希も琳太郎も首をひねった。拓也はどこにつながるのだろうか。

羅来留も、謎の声も、〝三人は特別だ〟と言った。ならば拓也も特別なはずだ。

あの村と何らかのつながりがあるということが特別なのだろうか。わからなかった。

未咲希はノートに書いた拓也と仙蔵の名を点線で結び、その線の上に「?」と書き入れた。

「とりあえず、これでよしっと」

ヒカゲ村でそれぞれが見たことを時系列で整理すると、琳太郎が最初で、キヨの家で未咲希が見たことがその翌日、その後どのくらい経過したのかはわからないが拓也が最後だとわかった。そして、それらをつなげるとキヨという娘が嫁入りをするまでの一つのストーリーになる。

三人は複雑に絡まった糸の先をようやく摑んだような気がした。

これからしなければならないのは、それをたどり、ほどいていくことだ。その先にきっと何か見えてくるものがあるはずだ。

## 6　だから本気なんだよ

「なあ、未咲希。お前、受験勉強のほうはどうなんだ」

昼休みに教室の窓の外を眺めながら琳太郎は尋ねてみた。自分たちが、今、遭遇している出来事を最優先にとは考えていても、気になるのはやはりそのことだ。外は雨が降っている。校門の前の楡の木にも容赦なく雨が降り注いでいる。羅来留は教室にいない。

「あの子、またあの木の下にいるのかしら」

未咲希が琳太郎の横に並んで外に目を向けた。

「この雨じゃあ、木の下でもびしょ濡れだな」

「それが不思議なのよね。濡れていないんだもの。以前、木の上に立った時、私たちも濡れなかったじゃない？」

そうだった。初めて羅来留の不思議な能力を見せられた時だ。雨の中に立っていたのに、気がつけば三人ともまったく濡れていなかった。

「気になってはいるよ」

未咲希がポツリと呟いた。

「えっ、何が？」

「受験。いやだなあ、琳が尋ねたんでしょう？」

さっきの答えだとは思わなかった。やはり、未咲希も戸惑っているのだ。

「ああ、俺もだ。このままで良いのかなって。一人でいると突然焦ることがある」

「拓は柔道で大学へ進めるようなことを言っていたから、たぶん大丈夫だとは思うけど、私たちには何の保証もないから」

拓也にはいくつかの大学の柔道部から声がかかっているらしい。そこへ進むのかどうかはわからないが、ひとまず安泰なのかもしれない。

「俺さあ、受験のことも焦るんだけど、一年浪人っていうのもありかなってこの頃思うんだよな」

心の内を語った。担任との面談ではこんなことは言えない。未咲希だから胸の内を吐露することができるのだ。

「情けないこと言わないでよ」

「そうじゃないんだ。もう少しこの町にいたいというか、前に進みたくないというか」

琳太郎は自分の心の中をうまく伝えられないもどかしさを感じながら話した。

「でも、そのためにはお前や拓がやっぱりこの町にいなければだめなんだ。もう少し一緒にいたいと思うんだ」

「あんたは昔からそうだよ。いろいろ考えても自分ではなかなか決められないんだ。今のまま、この場にとどまって時を過ごすことなんてできないよ。三人がいつまでも一緒にいられるなんてことも。寂しいけどね」

「そうだよな……」

幼い頃から続いてきた三人の関係がもう少し続いてほしいと思うのは甘えなのだろう。琳太郎の脳裏に、カエルへ変わろうとするオタマジャクシが水面から口を出して呼吸しようとしている姿が浮かんできた。今の自分はきっとあんなふうにもがいているのかもしれない。

「大人になるってそういうことなんじゃないのかな」

未咲希の言うとおりだった。彼女の言葉には昔から説得力がある。

「だから、本気なんだよ。私」

「何?」

「今度の羅来留が持ってきた不思議な出来事。本気で突き止めたい。今の私たちにつながる何かが見つかるような気がする。誰も知らなかった何か。それを突き止めて私たち三人が、この時にここにいた証にしたい」

両手を窓ガラスに添えながら、遠くを見つめる未咲希の瞳が輝いていた。

「この時にここにいた証……」

琳太郎は未咲希の言葉を繰り返した。

「好きだよ」

突然の未咲希の言葉に狼狽えた。彼女は琳太郎を見つめている。

「あ……」

返す言葉が見つからない。もちろん、琳太郎も彼女に友達以上の感情は抱いている。でもそれを言葉にしてしまったらこれまでのように三人でいられなくなってしまうだろう。ましてや拓也の未咲希への思いもわかっているのだ。

未咲希が肩の力を抜いてふっと笑った。

「好きなんだ。あんたも、拓も、この町も。その思いをいつまでもとどめておきたい。いつかここを離れることになったとしても。大人になっても、この町で生まれ育って、三人で過ごしたことを忘れないでいたい。だからね」

未咲希の声に力が入る。

「だから、やるの。今回のこと。本気で」

未咲希の思いが伝わってきた。今のまま、いつまでもここにとどまっていたいけれど、それは許されないという彼女の思いと切ない琳太郎のそれが重なる。これほど理にかなわないことが起きているのにもかかわらず、未咲希が進路を後回しにして本気になっている理由《わけ》を教えられたような気がした。

「おーい、未咲希、琳、いるかぁ」

廊下で二人を呼ぶ、間延びした声が聞こえた。拓也だ。二人は窓から離れ、拓也に歩み寄る。

「飯、食い終わったか」

「とっくに」

さっきまで張り詰めていた緊張の糸があっという間に緩んだ。

「俺もやるよ。本気で」

琳太郎を振り向いた未咲希が口元だけで笑った。

「何が本気なんだ?」

そう尋ねた拓也の不思議そうな顔を見て未咲希は小さく声を出した。

「ヒ・ミ・ツ」

すねた拓也が琳太郎に体を向ける。

「なあ、琳。本気って何だ?」

「そのうちにわかる」

「なんだよぉ。俺だけ、のけ者かぁ」

拓也は子供のように口を尖らせたが、きっとわかる時が来るだろう。思いは同じなのだから。

# 7　手がかりを求めて

未咲希が久しぶりに入った土蔵の中は薄暗くひんやりとしていた。古い箪笥や戸棚、大小の長持がいくつもあり、時代を感じさせる。たくさんの行李が重ねられていたり、長火鉢や箱膳などが隅に置かれたりしている。

古いものだけではない。少し前のブラウン管テレビや真空管ラジオ、昭和の時代ものだろうか、俳優のような人が殺虫剤や塗り薬の宣伝をしているブリキでできた看板もあった。

奥には二階に上がる狭い階段が付けられている。

小学生の頃、この中で姉と二人でよく遊んだものだった。冷涼な空気と、何かが起こりそうな神秘的な雰囲気が好きだった。お伽話の打出の小槌や魔法のランプが出てこないかと、胸をときめかせながら箱や箪笥の中をかき回し、母や祖母にきつく叱られたことを思い出す。

姉が東京の大学へ出てしまったことや、自分がすでにお伽話を夢見る年頃ではなくなってしまったことで、土蔵のことなどすっかり忘れてしまっていた。

「これじゃあ、どこから手をつけたらいいかわからないなあ」

独り言が蔵の中の冷たい空気に溶けていく。

ヒカゲ村につながるヒントが何か隠されているのではないかと思い、ここに足を踏み入れてはみたものの、そうそう簡単に手がかりは見つかりそうにもなかった。

姉と二人で宝探しに潜り込んだ時の無邪気な思いがよみがえってくる。

何か途方もないものが出てくるのではないかという大きな期待感と、仕舞ってある物をかき回してしまうというわずかな罪悪感が入り交じった複雑な気持ち。扉を開けた彼女の思いはその時に感じたものとよく似ていた。

幼い頃は、伝説も、お伽話も、何もかも信じていた。クリスマスにはサンタクロースがプレゼントを持ってくると本気で思っていた。煙突のない自分の家にはやってこないのではないかと心配をし、朝になってプレゼントを見つけると、どこから入ってきたのかその場所を見つけようと家中探し回ったものだ。

姉と土蔵の中でお宝を探していても、物陰に隠れた小人が息を潜めて自分たちを見つめているような気がした。少しでも物音がすればその姿を見てやろうと、わずかな隙間までのぞき込み、見つからなければ、とても臆病で逃げ足の速い人たちなのに違いないと納得していた。

蔵の中にはとにかく時代がかった物がとてつもなくたくさん詰め込まれている。何がどの時代の物か、そんなことなどわからない。いろいろな物が整理されずに置かれているのだ。未咲希は、すぐにでも手がかりとなるようなものを見つけ出せるだろうと入口を開けた自分の考えが甘かったと思い知らされていた。

とりあえず近くにあった箪笥の引き出しを開けてみる。中には姉や自分が子供の頃に着ていた洋服や着物が入っていた。

「あ、これ」

見覚えがある紙包み。引っ張り出して和紙を広げ、手に取った赤い小さな着物から、樟脳の刺激臭に混じって、どこか懐かしい匂いが漂ってきた。

高校三年生の未咲希にとって、土蔵はお伽話の世界などではなく、記憶の中から消えてしまいそうになっている過去へ、自分を引き戻してくれるタイムマシンだった。


ある時、タイムマシンの中で、未咲希は姉に尋ねたことがある。

「お姉ちゃん、河童のミイラとか出てくるかな?」

河童の話は物心ついた頃から祖父母に聞かされていた。河童は馬や人を川や沼に引きずり込むような悪さもするが、仲良くすると困った時に助けてくれるという。

川で子供が溺れそうになった時に河童が助けてくれたとか、山で熊に出会い、立ちすくんでいたら追い払ってくれたとか、道に迷ったら案内してくれたなど、いろいろな話がある。

先祖が河童に助けられたと、未咲希の家に昔から伝わる話としてもっともらしく聞かされたこともあった。

どこかの寺に大切に保管されている河童のミイラをテレビ番組で見たこともある。

自分の先祖が助けられたことがあるなら、先祖は河童と友達だったのだ。ミイラとまではいかなくても、河童の甲羅ぐらい出てきてもいいだろうと未咲希は思っていた。

「ミイラじゃなくても何か出てくるといいねえ」

姉は無邪気な妹を微笑ましく思っていたに違いない。妹の夢を壊さないように宝探しに付き合っていたのだと今になると未咲希にはわかる。

あの頃の姉はいったい何を探していたのだろう。

もしかすると今の未咲希のように、タイムマシンに乗って記憶の奥底に沈んでいる過去と出合っていたのかもしれない。

サンタクロースはいないと確信したのはいつだっただろうか。

小学生の頃、嬉々として友達にサンタクロースからもらったプレゼントの話をすると、そんな者はいないと鼻で笑われた。それでもしばらくは信じていたし、姉もそういう素振りを見せていた。

ああ、姉は私のために話を合わせていたんだ。

そのことに気づいたのは枕元にプレゼントを置く父の姿を見てからだ。

小人や河童だって本当はいない。

信じていたものが音を立てて崩れていくのに、それほど時間はかからなかった。それ以来、夢見る少女は姿を消し、理屈が合わないこと、説明できないことはフィクションとして軽くあしらうようになっていった。

けれど、今、自分が遭遇していることといったら――。

入口に人影が立った。外の光を背にしているので顔は見えないが、それは間違いなく祖母の声だ。

「何を探しているんだね」

「おばあちゃん」

「未咲希が蔵に入るなんて久しぶりだね。小さい頃はよく入って叱られていたけど」

祖母の麻子は近づいてくると未咲希の手にしている着物に目をやった。

「ほおぅ。七五三の時の着物だね。姉ちゃんも未咲希もこれを着てお参りにいったねぇ」

「アルバムに写真があるよね。覚えてるよ」

箪笥の前にしゃがんでいる未咲希が祖母を見上げた。

「そうだねぇ。未咲希は数え歳でお参りしたから、まだ小学校に上がる前だったねぇ」

「友達は、小学生になってからやった子もいたよ」

「最近は数えで祝う家は少なくなったからね」

「そうだよね。数え年なんて、今は知らない子が多いよ」

「よっこらしょっと」

麻子は声をかけて未咲希の隣に膝を折った。

「こんな物を見に来たんじゃないんだろう。何をしに来たんだい？」

それには答えずに着物を包み直して引き出しに戻しながら未咲希は祖母に尋ねた。

「おばあちゃん、ヒカゲ村って聞いたことある？」

「ヒカゲ村ねぇ。そんな村があったかねぇ。聞いたことないね」

「そっか。それじゃ日加祁神社っていうのは？」

「日加祁神社？　日向山の下は日那多神社だろう。この辺にはそんな神社はないと思うがね」

「そうなんだ……」

力が抜けた。そんなに簡単にわかるはずがないと思った。もしかしたら存在していない村や神社なのかもしれないのだから。

でも、羅来留に連れて行かれて見た風景はあまりにもリアルすぎた。それに、琳太郎や拓也の見てきたものを合わせて、途切れている隙間の時間を想像で埋めれば一つのストーリーにもなる。

どこかの世界で起こっている、この世界ではない世界の真実なのだ。

「ふふふ」

思わず笑いがこぼれた。

「どうしたんだい」

料金受取人払郵便

新宿局承認

3971

差出有効期間
2022年7月
31日まで
（切手不要）

郵便はがき

1 6 0-8 7 9 1

1 4 1

東京都新宿区新宿1－10－1

**(株)文芸社**

愛読者カード係 行

| | | | | | |
|---|---|---|---|---|---|
| お名前《ふりがな》 | | | 明治 大正 昭和 平成 年生 歳 | | |
| ご住所《ふりがな》 | □□□-□□□□ | | | 性別 男・女 | |
| お電話 番 号 | （書籍ご注文の際に必要です） | ご職業 | | | |
| E-mail | | | | | |
| ご購読雑誌（複数可） | | | ご購読新聞 新聞 | | |

最近読んでおもしろかった本や今後、とりあげてほしいテーマをお教えください。

ご自分の研究成果や経験、お考え等を出版してみたいというお気持ちはありますか。

ある　　ない　　内容・テーマ（　　　　　　　　　　　　　　　　　）

現在完成した作品をお持ちですか。

ある　　ない　　ジャンル・原稿量（　　　　　　　　　　　　　　　）

| 書　名 | | | | |
|---|---|---|---|---|
| お買上<br>書　店 | 都道<br>府県 | 市区<br>郡 | 書店名 | 書店 |
| | | | ご購入日 | 年　　月　　日 |

本書をどこでお知りになりましたか？
1.書店店頭　2.知人にすすめられて　3.インターネット（サイト名　　　　　　　　）
4.DMハガキ　5.広告、記事を見て（新聞、雑誌名　　　　　　　　）

上の質問に関連して、ご購入の決め手となったのは？
1.タイトル　2.著者　3.内容　4.カバーデザイン　5.帯
その他ご自由にお書きください。
（　　　　　　　　　　　　　　　　　　　　　　　　　　）

本書についてのご意見、ご感想をお聞かせください。
①内容について

②カバー、タイトル、帯について

弊社Webサイトからもご意見、ご感想をお寄せいただけます。

ご協力ありがとうございました。
※お寄せいただいたご意見、ご感想は新聞広告等で匿名にて使わせていただくことがあります。
※お客様の個人情報は、小社からの連絡のみに使用します。社外に提供することは一切ありません。

■書籍のご注文は、お近くの書店または、ブックサービス（☎0120-29-9625）、セブンネットショッピング（http://7net.omni7.jp/）にお申し込み下さい。

祖母にどう答えていいのかわからなかった。これまでの未咲希ならフィクションとして軽く受け流すような出来事を、今は真剣に考えている自分がおかしくて思わず笑いが漏れてしまったのだ。

「おばあちゃん、今ね、何だかサンタクロースを信じていた頃の私に戻っているみたい」

「ほぉ」

祖母は未咲希の言った意味がわかったのだろうか。たぶんわからないだろう。でもそれでいいと未咲希は思った。

「それにしてもヒカゲ神社とヒナタ神社ねえ。ヒカゲとヒナタ。ヒカゲ、ヒカゲ、オヒカゲ様」

麻子は日加祁神社と日那多神社の名を口の中で何度かもごもごと繰り返していた。

「そういえば、ばあちゃんがまだ小さい頃は日那多神社の祭りは夏と秋の二回あってなあ」

「おばあちゃんはこの村で生まれたの？」

「そうだよ」

祖母の出身地などこれまで聞きもしなかったし、気にも留めていなかった。でもそういえば祖母の親戚はこの町にもいたなと思い出した。

「おばあちゃんは同じ町の中からお嫁に来たんだね」

未咲希はちょっと不思議な気持ちになった。未咲希が生まれた時にはすでに祖母はこの家にいたので、ずっとこの家で育ったのだとばかり思っていた。よくよく考えればそんなはずはない。

五年前に亡くなった祖父の所へ、ずっと昔、祖母は町内から嫁いできていたのだ。

「日那多神社の祭りは今では十月の半ばだけになったけど、あの頃、夏祭りは『オヒカゲ様』といってたねえ」

「オヒカゲ様？」

胸の鼓動が速くなった。

「そう、確かにオヒカゲ様と呼んでいた。子供ながらになぜオヒカゲ様なんだろうと思ったことがあるよ」

「そのお祭り、今はやってないよね」

「いつからやらなくなったんだろうね。そう何度も祭りに出かけた覚えはないから、たぶんばあちゃんが子供の頃には、もうやらなくなったんじゃないかな。秋祭りと比べるとそれほど賑やかな祭りじゃなかったからね」

未咲希は、なぜ、それまで行われていた祭りが途絶えたのかを知りたいと思った。祖母の年齢を考えると、祭りがなくなったのはまだ七十数年ほど前のことだ。祖母と同じぐらいの年齢なら、その頃のことを知っている人も町にいるはずだ。

「誰に聞けばその祭りのことがわかるかな？」

何のために蔵に入ったかなど、その時には頭の中からどこかへ飛んでしまっていた。

「そうだねえ。まずは、氏子総代かな。秋の祭りは総代が仕切るから」

末咲希は琳太郎たちも誘って氏子総代を訪ねてみようと思った。

祖母は再び、よっこらしょと声をかけて立ち上がった。

「ねえ、おばあちゃん、河童なんて本当はいないよね」

確かめずにはいられなかった。あれは伝説だと言ってほしかった。

「そうだねえ。いたかもしれないし、いなかったかもしれない。ご先祖は川に流されそうになった時に助けてもらったって伝わっているけどね。だから、今でも神棚に小さな河童の置物があるだろう。本当のところはどうなんだろうね」

曖昧に答えた祖母はにっこりと笑って土蔵の外へと出て行った。


琳太郎は祖父の部屋に足を投げ出して座っていた。

「ヒカゲ村なあ。聞いたことがないなあ」

祖父の丈太郎《じょうたろう》は首をかしげていた。

「どこでそんな村のことを知ったんだね」

「え、あ、ちょっと友達がそんな村の話をしていたから、この近くなのかなって」

嘘ではない。羅来留から聞いたのだ。でもそれ以上のことは話せなかった。あの日のことを話せば夢の話をしているのだろうと思われて相手にされないことぐらいわかっている。それでもしつこく尋ねれば頭がどうかしてしまったのではないかと心配されてしまいそうだ。

「あったとしてもこの近くの村じゃないと思うぞ」

祖父はまったく知らないというように首を何度も振った。

日加祁神社や日向山のことも尋ねてみようかと思ったが、この町と無理やりこじつけようとしているのではないかと疑われるのも気が引けるので黙っていた。

「うちは昔からの家でしょう」

「昔は庄屋だったそうだ」

「それってどのくらい昔の話なのかな」

「そうだな。昔とはいっても江戸時代の末だろうな」

「もっと昔は？」

「そこまではわからん。じいちゃんが子供の頃に聞いていたのは、せいぜいそのぐらい前までのことだ」

祖父は七十歳代半ばの、戦後すぐに生まれた世代だ。

「琳太郎は我が家のルーツでも調べるつもりかな」

「そういうわけじゃないんだけど、ちょっと気になるんだよね」

「気になるって何が」

「昔のこと」

祖父は声を出して軽く笑った。孫がこの家の家系について興味を持ったことが少し嬉しそうだった。

「どうだ、蔵を開けてみるか」

　是非入りたいと願って、琳太郎は祖父と土蔵へ向かった。

　薄暗い蔵の中には昔使っていたらしい農機具、餅つき臼や石臼、蓑笠や草鞋、米櫃などの生活用具が入っている。何に使うのかわからないような物も重ねられて隅の壁際に置かれていた。蔵の中は白熱灯がそれほど明るくない光を落としていたが、道具が積み重なった間からひょっと妖怪か何かが出てきてもおかしくないような雰囲気だ。

「しばらく前にずいぶん処分してしまったけどな」

　祖父は一番奥にある書庫を開けて中に入っている紙包みを取り出した。

「こんな書き付けしか残っていない。本気で探せば他にも出てくるかもしれんが、まあ大したものではないだろうなあ」

　紐で綴じられた和紙の束がいくつも出てきたが、文字が読めないのでそこに何が書かれているのかはわからない。人の名前や土地の広さが書かれているのではないかということぐらいは想像できた。

　琳太郎はペラペラと書き付けをめくってみた。

「読めないから何なのかわからないね」

「おそらく村の百姓の田畑の広さやどのくらい年貢を納めていたかというような記録だろう」

祖父がさほど厚みのない一冊を手に取り琳太郎に差し出した。人の名前らしき文字や、「銭」とか「円」などの単位がついた何かの金額が書かれている。裏表紙にある「昭和七年八月吉日」という文字はかろうじて読むことができた。同じような厚さの綴じ込みは数冊まとまって袋に入っている。

「こういうのを見るとな、昔、庄屋だったということがいくらかわかってくる」

祖父はそう言いながら、出した書き付けを再び書庫に戻した。

謎を解く手がかりになりそうな何かは、蔵の中をわずかな時間のぞいただけでは見つかりそうにもなかった。

蔵に入った目的とは違っているものの、それでも琳太郎は自分の家の歴史に少し触れたような気がした。子供の頃、遊び場としてたびたび出入りしていたとはいえ、少し前まで自分の中に流れている歴史など考えたこともなかったのだ。だが、それはそうとして、ここにはヒカゲ村や日加祁神社につながる手がかりなどないかもしれないという気もしていた。

# 8　もう一つの運命の夏

平年並みの梅雨明けでむかえた夏本番は、じっとりとした暑さとともにやってきた。受験に向かって夏期講習に明け暮れるはずだった夏休みが始まった。

琳太郎も未咲希も拓也もこの夏は自分たちにとって運命の夏になると、春までは考えていた。けれども、いざ夏休みになってみると受験勉強どころではない。夏期講習に参加していても上の空で、気がつけばヒカゲ村のことを考えている。今、自分たちが抱えている問題をなんとかしないうちは受験勉強に打ち込めもしなかった。受験は自分たちの将来に大きな影響を与えるはずだが、何より、今、遭遇している出来事は未知への探検のようで心が躍る。それでも、理性はやはり受験勉強へ向かわせようとしていた。ノートに向かって鉛筆を走らせる友達を横目に見ながら、気持ちは焦るものの、三人だけが大切な秘密を知っているという胸の高鳴りも感じていた。

春に考えていたのとは別の意味で、運命の夏になるのかもしれない。

羅来留はまったくといっていいほど学校に姿を見せなかった。

午前中で講習を終えた三人は、帰りに図書館へ立ち寄った。ここは冷房も効いているので快適だ。勉強をするにはもってこいの場所だったが三人の目的はそうではない。

「親父がさ、この町の昔のことを知りたいなら、文化財保護課で聞いてみるとわかるかもしれないって」

拓也の父も昔からこの町に住んでいる。実家は未咲希の家の近くにあり、そこは伯父が跡を取っているので、町外れに両親と中学一年の妹の四人家族で暮らしていた。

ヒカゲ村のことを尋ねると拓也の父はそう教えてくれたそうだ。

「さすが、役場職員だね。そんなこと思いつきもしなかった」

未咲希が感心した。

「でも、ヒカゲ村ってこの町じゃないだろう。どうなのかなあ」

琳太郎の言葉に未咲希が言い返す。

「そうだけど、もし昔、何らかのつながりがあったなら、資料に名前ぐらい出てくるんじゃないかな？」

「まあ、当たってみるだけ当たってみても損はないと思うけど」

拓也も乗り気だった。

三人は涼しい図書館を作戦会議の場所に選んだのだ。図書館なら、受験生が勉強に精を出す姿を装っていれば怪しまれることはない。

琳太郎の家での収穫はなかったが、未咲希の氏子総代と拓也の文化財保護課は半歩進んだかもしれないと思わせる収穫だった。

氏子総代は神木さんというお宅で、家の場所も未咲希の祖母から教えてもらった。文化財保護課へは、行くなら前もって拓也の父が連絡をしてくれるので、あとは自分たちで連絡を取って日程を調整するようにという話だった。

三人は図書館でこの前と同じようにそれぞれの家での調査結果を報告し合い、氏子総代と文化財保護課のどちらへ先に出向くかという相談をした。

「でもさ、蔵の中から手がかりを見つけたんじゃなくて別の所からの情報だったな」

拓也が当てが外れたとでもいうように眉を寄せた。

「蔵の中といったって、どこから手をつければいいか」

「そうそう、ただ手がかりというだけで何を見つければいいのか見当もつかないのよ。物がありすぎて」

琳太郎の言葉に未咲希が同調する。

「書き付けのような物もあるにはあったけど、とにかく字が読めないんだ」

お手上げだというように琳太郎は肩をすぼめて見せた。

文化財保護課へ拓也の父から連絡を取ってもらうと、分室のほうが対応できるだろうということになり、そちらへ出かけた。

分室は本庁舎から少し離れた場所の、昭和四十年代まで織物工場だった敷地にある古びた建物だ。庭の一画には縄文時代のたて穴式住居が復元されている。日向町ではたて穴式住居の跡が所々で見つかっていた。

駐輪場に自転車を止めた三人は、前もって連絡を入れておいた坂本という担当者に会うために入口前の階段を上がっていった。

事務室に入ると中では二人の女性が机に向かって仕事をしている。名前と用件を伝えると、眼鏡をかけ、髪を後ろで束ねた三十歳ぐらいの女性が立ち上がって三人をむかえてくれた。

「坂本葉月《はづき》です」

彼女は自己紹介してから、事務室の隣にある部屋へ三人を案内した。事務室にもここにも冷房はなく、何台もの扇風機が回っている。

葉月さんは化粧もあまりしていないだろうと思えるほど自然な姿の女性だった。知的な雰囲気に明るいグレーの作業着がよく似合っている。

「お忙しいのにすみません」

未咲希が彼女らしくテキパキと話を始めた。

「いいの、いいの。若い人たちがこういうことに興味を持ってくれるっていうのはうれしいことだよ。私も歴史なんかが昔から大好きだったの」

「そんなに上等なものではないけどね。一応、大学では民俗学をやってたし、そんな関係でここにいるんだ」

「歴女、ですか？」

「民俗学って何ですか」

拓也はそれがどんな学問なのか知らなかった。

「そうだなあ、民俗学っていうのはね、地域の風習や伝説、民話、建築とか昔から伝わるものを調べて、人々の生き方を今の時代とつなげて考える学問かな」

「難しそうですね」

「でもそれって、言葉にするとややこしそうだけど歴史とも深く関係していて面白いのよ」

三人の前にペットボトルのお茶を置きながら葉月さんが笑顔で答える。

「ここの分室ってこんなに人が少ないんですか」

入ってきて最初に琳太郎が感じたことだった。

「そうじゃないの。あと何人かいるんだけどね、今は発掘調査に出かけているの」

「発掘って？」

拓也が不思議そうに尋ねた。

市の東側に縄文時代の住居跡が出たので、少し前からそれを調査しているのだそうだ。部屋の隅にあるガラスケースの中にも、細かい番号や記号を付けられた土器の破片や石器などが並べられている。

「それで、何について知りたいのかな」

こんな場面では琳太郎と拓也は話を未咲希に任せることにしていた。自分たちだと曖昧になってしまうような話でも、彼女なら筋道を立てて説明することができる。

葉月さんはかなりフレンドリーに話を聞いてくれていた。

「ヒカゲ村っていうのはどこからの話なの？」

やはりこの質問は避けて通れないようだ。さすがの未咲希もなんと答えたらいいか困っている。

「聞いたんです。知り合いからそんな村があったんじゃないかって。もし本当なら日向村と関係があるのかなと思って。それに日加祁神社っていうのも」

ここでも嘘は言っていないと自分に納得させながら琳太郎がなんとか繕った。未咲希が、ナイス！　という目で琳太郎を見ている。

底の深い瞳で琳太郎を見つめる葉月さんは納得していない。不審に満ちた顔を見ればそのことがよくわかる。それでもそれ以上のことは追求されなかった。

「ヒカゲ村に日加祁神社ねえ。聞いたことないなあ。それっていつ頃のこと？」

「それがわからないんです。それで調べているんですけど」

未咲希がまた、説明を続ける。

「どんな所で調べたの」

「図書館とか、私や榊谷君の家の蔵とか」

「えっと、あなたは、篠田さんだったっけ」

葉月さんは、未咲希や琳太郎の家の蔵にも数年前に調査に入ったことがあると言った。

「見つかった古文書などから、この町の歴史がいくらかわかるようにもなったんだよ」

「ええっ、もう調査していたんですか」

三人は顔を見合わせて、やっぱりなと目で語り合った。

「篠田さんの家は、昔は雑貨を扱っていて、それが主だったみたいだね。衣料品は戦後になってから少しずつ扱うようになったみたいだよ」

大正から昭和の初期頃は雑貨を担いで近隣の町や村へ行商にも出かけていたようだと教えてくれた。

「小間物屋だったって祖母から聞きました」

未咲希が自分の家のことについて知っていることを話した。

「今は篠田商店というお店だけど、確か屋号は篠屋だったよね」

「篠屋！」

未咲希は声を上げた。

屋号というのは同じ集落内で家々を区別するために、その家の特徴をもとにしてつけられた称号だ。豪農や商家などにつけられていたが、松坂屋や備前屋など、今でもそれを社名にしている会社も多い。成田屋や中村屋などの屋号は歌舞伎役者の称号としても使われている。

「それから榊谷家からは、代々の当主の名前を記したものが見つかっているよ」

「代々の当主?」

「そう。江戸中期の頃からのものだけどね。榊谷っていう姓は江戸時代は名乗っていなかったの。江戸時代に苗字帯刀が許されたのは武士だけだからね。名乗ったのは明治以降かな」

でも、あの時のヒカゲ村では、武士ではないのに正太郎の家を榊谷と呼んでいたけどなと琳太郎は思った。江戸時代より前は農民も姓を名乗っていたのだろうか。もっとも検地や刀狩り以前は、武士と農民ははっきりと分かれてはいなかったらしいけれど。まさかあの時代が明治以降ということはないだろう。

葉月さんが続けた。

「だけど最近では農民も苗字を持っていたという研究がされているけどね。公の場で使わなかっただけで」

ちょっと待てよと思った。あの時は榊谷とか榊谷の家とか屋敷とは言っていたけど、姓として榊谷家と呼んでいたのかどうかはわからなかった。昔はどこの土地の誰某というように土地の名前を使って区別していた。榊谷の正太郎、榊谷の家というように。だとすると榊谷とはあの場所の名前だ。それこそ屋号だったのかもしれない。

琳太郎は自分が考え違いをしていたことに気づいた。自分の姓と同じだったので、榊谷というのは、てっきりあの家の姓だとばかり思い込んでいたのだ。それとも葉月さんが言うように隠し持った姓だったのだろうか。

「江戸時代、老舗の商家などでは代々同じ名前を継いでいくことが多かったのね。今でも落語や歌舞伎の世界などはそうでしょう」

「ええ、第○代何某《なにがし》というように同じ名前を使っていますね」

「うん。そういうのを襲名っていうんだけどね」

「落語や歌舞伎などの世界では名前を継ぐ時に襲名興行というのをやりますよね」

　こういう知識に関しては未咲希の独壇場だ。

「そうだね。あなた、よく知ってるわね」

　葉月さんは感心して未咲希に笑顔を向けた。

　榊谷家は代々襲名をすることはなかったけれど、当主の名前には必ず「太郎」がつけられていると葉月さんは言った。確かに、祖父は丈太郎、父は光太郎、そして自分は琳太郎だ。

　だとするとあの時の正太郎は――。

　ここへ来ていくつもトンネルをくぐり抜けたような気がした。それでもまだまだ謎や疑問は山ほどある。そもそも、何のために羅来留があそこへ三人を連れて行ったのかという、根本的な謎に近づいているという気がしなかった。

「ちょっと待ってて」

葉月さんは隣の部屋から分厚い本を何冊か持ち出してきた。表紙には「日向町史」と書かれている。

「ヒカゲ村や日加祁神社は聞いたことがないけど、もしかしたらこの中に書かれているかもしれないわね」

彼女は三人の前にそれを並べ、開いてみるように促した。数巻あるそれは、時代順に編纂されているものと、文化財などでまとめられているものとがある。

羅来留に連れて行かれた時代がわからないので、虱《しらみ》潰しに当たるしかない。未咲希は現代から過去へ、琳太郎は過去から現代へ、拓也は文化財等についてページをたどることにした。

「夕方の五時すぎまでは大丈夫だから、ゆっくり調べていってね。それとトイレはドアを出た左側にあるから。何かあったら声をかけて」

葉月さんはそう言い残して事務室へ戻っていった。

そうは言われても資料をじっくりと読んでいるほどの時間はない。それに、意味不明の所もあり、読んでいてあまり面白いものでもなかった。とりあえず「ヒカゲ村」「日加祁神社」というキーワードを探しながらページをめくっていくことにした。

どのくらいそうしていただろうか。突然拓也が声を上げた。

「これっ」

開いているのは日那多神社のことについて書かれているページだ。未咲希と琳太郎がのぞき込むと「オヒカゲ祭り」という文字が目に飛び込んできた。

「未咲希がおばあさんから聞いてきた祭りじゃないの」

「うん。そうみたい」

そこには「オヒカゲ祭り」とか「オヒカゲ様」とかいわれていた祭りが昭和十九年頃まで続いていたと書かれてあった。由来は不明だが、社に日那多神社のご神体と併せて「オヒカゲ様」が祭られているのだそうだ。八月二十六日が祭礼で「オヒカゲ様」を崇める一部の人たちが祭りを催していたとされている。一説では遠い昔に日向村へ移り住んできた人たちが「オヒカゲ様」のご神体を日那多神社に合祀《ごうし》したらしい。

祭りは、戦争が激しくなった頃に担い手が少なくなって半ば自然消滅的に催されなくなり、秋の日向神社の例祭に取り込まれる形になったとも書かれてあった。

「おばあちゃんの記憶は正しかったね」

移り住んできた人たちって誰なのだろうか、いつの時代のことなのだろうかと未咲希は考えた。

気がつくとずいぶん時間が過ぎていて、調査に出かけていた分室の職員も戻ってきている。

「何か、手がかりでも見つかった？」

葉月さんに尋ねられたので、オヒカゲ様のことを伝えた。

「日向神社は天照大神《あまてらすおおみかみ》がご神体だけれど、オヒカゲ様に祭られているのは誰なんだろうね」

「そう言われれば……」

琳太郎は自分たちが気づかなかった盲点を葉月さんに指摘され、三人の周りで起こっていることを自分たちだけで追究していくのは難しいことなのではないだろうかと不安になってきた。

「もし、また、知りたいことが出てきたら相談してね。私も何となく興味があるから」

三人は丁寧に礼を述べ、葉月さんに見送られて分室をあとにした。

「やっぱり専門的な知識を持っている人がいないと難しいのかな」

未咲希も琳太郎と同じように不安が募り、気持ちが萎えかけているようだった。

「俺もそう思っていた」

「何言ってんだよ。そんなにすぐに解決するはずないじゃん。とにかくやれるだけやってみればいいんじゃねえの」

琳太郎や未咲希の悩みを軽くあしらい笑い飛ばす拓也に、二人は救われる思いがした。この時ばかりは物事をあまり深く考えない拓也の性格がありがたかった。

ヒカゲ村や日加祁神社について発見があれば、町の歴史に新たな一ページを加えることになるのだろうか。琳太郎は受験と歴史解明を咄嗟に天秤にかけていた。どちらかを取らなければならないとしたらどっちだろう。もし、まだ幼なじみの三人が一緒にいられるのなら、この町を離れることが猶予されるのなら、町の歴史が乗っている皿が大きく傾くような気もした。

翌日は日那多神社氏子総代の家を三人で訪ねた。神木さんも昔からこの町に住んでいる人だ。畳がまだ青々としている居間に案内されて、未咲希は祖母の麻子から教えられたこと、分室で調べたことなどを丁寧に説明した。

「麻子さんはよく覚えていたねえ」

髪が真っ白な神木さんは未咲希の祖母とは昔からの知り合いで、穏やかに話をする人だった。年齢は八十歳の手前ぐらいだろう。自分で始めた建設会社の社長を息子に譲り、名前だけの会長職に退いてしばらく経つと言って笑った。一級建築士の資格を持ち、柔和な印象を与える人だ。

「覚えていたというより、忘れていたことを突然思い出したという感じでした」

未咲希が蔵での祖母とのやりとりを話した。

「麻子さん、まだまだしっかりとしたもんだ。矍鑠《かくしゃく》としているからなあ」

これまであまり考えたこともなかったが、そう言われると祖母と認知症は結びつかないと未咲希は思う。

「私が生まれた頃にはもうオヒカゲ様の祭りはなくなっていたから、どんなものかは知らないんだよ」

神木さんは申しわけなさそうに説明を始めた。

神社の古い記録なら残っているといくつかの冊子を出してくれた。

「総代は二年ごとに引き継がれていくから、日那多神社のことでも、昔のこととなるとなかなかわからなくって」

出してもらった冊子は、琳太郎が家の蔵で見た物と似ていた。人名のような文字と金額が記されている。日付は昭和三年十月吉日だった。

「これは何の金額ですか?」

琳太郎は家の蔵での書き付けでも気になっていたことを尋ねた。

「毎年残されているもので、例祭での奉納者と金額を記録してあるんだよ。これを見ると誰がどのくらい奉納したかがわかる」

榊谷家の蔵にあったものよりかなり厚さのある書き付けだった。

「新しい物だと去年のもあるんだが」

ペラペラと冊子をめくって神木さんは続けた。

「金額だけじゃない。ほら、ここを見てごらん」

神木さんはわりと新しそうな冊子を開いてその中の一カ所を指さした。こちらは高校生でも読めそうな文字で書かれている。

「酒一升と書いてあるだろう。酒など供物として納められた物も記録してある」

確かに金額だけではなく、酒や米、味噌などもいくつか記されていた。

表紙には墨で何か文字が書いてある。崩して書いてあるので「日」という文字は何となくわかるがその他は読めない。尋ねると「日那多神社例祭奉納者」と書かれているのだと神木さんが教えてくれた。

ヒカゲ村や日加祁神社のことを尋ねたが神木さんは知らなかった。日那多神社の記録にもそのことは残っていないらしい。ただ、「オヒカゲ様」という祭りを日那多神社で行っていたことは、父親から聞いたことがあると話してくれた。

「うちは日那多神社の氏子総代だからな。たぶん、『オヒカゲ様』とは関わっていなかったんじゃないだろうか。それに関するものを総代としては引き継いでいないんだ」

「でも、オヒカゲ様も誰かが仕切っていたはずですよね」

未咲希がすぐに考えを巡らせて尋ねる。

「そうだろうなあ。あ、ちょっと待ってて」

神木さんは部屋を出て電話をかけにいったようだった。時々受話器越しにやり取りしている声が聞こえてくる。

これまでいろいろと調べてきたが、ヒカゲ村とつながるものはまだ何も見つかってはいない。唯一、オヒカゲ様という、昔、催されていた祭りが日加祁神社とのつながりを連想させるが、それも「ヒカゲ」という名前だけのことだった。

「昨日、自分でもそう言ったけどさ、そうそう簡単にわかるものじゃないな」

痺れた足を拓也が投げ出した。

「私たちには信じられないようなことが起こっているんだもん。そんなに簡単にわかるわけないよ」

未咲希の萎え始めていた気持ちは一日で立ち直ったようだ。

彼女は夕べ家へ帰って、ここまでのことをノートに付け加えながら見直したという。オヒカゲ様のこと、篠屋と篠田屋、榊谷の正太郎と琳太郎、キヨと自分のこと。葉月さんに指摘された日向神社の天照大神とオヒカゲ様の御神体。わからないこともたくさんあるけれど、整理してみるとそれぞれが密接につながっている。

新たに思い至ったこともあった。

オヒカゲ様の御神体のことを考えていたら、向こうの世界の日加祁神社には誰が祭られていたのか気になってきた。祭られているのはオヒカゲ様と同じ神様なのではないだろうか。

自分たちでも探究できるような気がしてきたそうだ。そのためには手助けが必要だという。それについてはもしかしたらという願いに近い希望の光も見えてきているらしい。その光が何であるのか琳太郎たちにはまだわからなかったが。

反対に、昨日「やれるだけやろう」と言った拓也に、今日は早くけりをつけたいという投げやりな気持ちが見え隠れしていた。

「ここまで来ると、ヒカゲ村でのことも夢だったんじゃないかって思えてくる」

気持ちの揺れが激しいのはいつもの拓也だったが、昨日の未咲希と完全に逆転していた。

「三人が同じような夢を見るなんてあり得ない」

琳太郎の口調が強くなった。

「あいつに催眠術でもかけられて遊ばれているんじゃないか？」

それでも拓也は続けた。

「何のために？」

納得がいく解決をしたいという、いつもの未咲希の姿が琳太郎と拓也の前に戻ってきていた。彼女と琳太郎はヒカゲ村と自分たちの家がどこかでつながっていそうな気がしていたが、拓也にとってはその辺が曖昧なだけに二人との温度差があるのだろう。

電話を終えた神木さんが応接間に戻ってきた。拓也が投げ出していた足を戻す。

「いやあ、突然申しわけない。足は崩したままで」

三人は言われるままに足を崩した。

神木さんは腰を下ろすと驚くようなことを話し始めた。

「実は、オヒカゲ様のことについて誰かわからないかと思って、何代か前の総代に聞いてみたんだよ。その人はわりと日那多神社のことについて詳しい人だから」

電話の相手の人は、子供の頃、一、二度オヒカゲ祭りへ出かけたことがあるそうだ。それは秋の例祭と比べると遥かに質素で人出も少なかったという。日那多神社の氏子がその運営に関わることはなかったそうだ。記憶は曖昧だが、オヒカゲ様は榊谷家が大きく関わっていたのではないかという。榊谷家へ行って聞けば何かわかるのではないかということだった。

「ええっ！」

驚いたのは琳太郎だ。未咲希と拓也が琳太郎の顔をまじまじと見た。

「俺の家が？」

「ああ、君は榊谷さんの所のお孫さんか。おじいさんに尋ねてみたのかね」

「ああ、え、はい。一応……」

あの時はオヒカゲ様なんていう祭りは知らなかったし、祖父との話には日加祁神社のことも出さなかった。蔵に入って昔の書き付けを見ても、わかったのは何かが書いてあるという程度のことだ。代々名前に「太郎」がつくということも分室を訪ねて初めてわかったことなのだ。琳太郎はもう一度祖父の丈太郎に当たってみなくてはならないと思った。

三人は琳太郎の祖父の丈太郎と榊谷家の蔵の中に入った。親戚付き合いをしていた三家の子供たちは、幼い頃、お互いに家を行ったり来たりしながら遊び回り、当然のように蔵の中にも何度か足を踏み入れたことがある。話を聞いた丈太郎はもう一度蔵を開け、三人を招き入れたのだった。

「オヒカゲ様か。父親から話は聞いたことがある。何でも我が家の守り神だという話だった」

「我が家の？　じいちゃん、今でもそうなの？」

「座敷に神棚があるだろう。日那多神社とオヒカゲ様のふたつの神様が祭ってあるんだよ」

「それって、何の神様なんですか？」

未咲希が尋ねた。

「日那多神社は天照大神を祭った神社だが、さて、オヒカゲ様は昔からずっとオヒカゲ様だったと思うがな」

「天照大神って古事記や日本書紀の中に出てくる、天岩戸《あまのいわと》に隠れた女神だよな」

拓也もそれなら知っているとばかりに口を開いた。

弟のスサノオの乱暴を悲しんで太陽神である天照大神が天岩戸に隠れたため、国に陽が当たらなくなり暗闇が訪れた。作物が育たず病も蔓延して困りはて、他の神々は何とか天照大神を外へ連れ出そうと考えて岩戸の前で賑やかに宴を開いていたところ、何事かと中から大神がのぞいたので天手力男命《あまのたぢからおのみこと》が岩戸を開け放ち国に光が戻ったという話だ。

「天照大神は神々を統べる最上神で日本国民の総氏神ということになっている」

丈太郎が拓也の話に補足した。

「太陽神だから日那多神社なのね」

未咲希が納得したというように呟く。

だったらオヒカゲ様はいったい何の神を祭ったのだろうか。言葉遊びのようだがヒナタとヒガゲが対になっていることを考えると、太陽神と対になるのは月だろうか。それとも闇なのだろうか。あるいはもっと別にあるのだろうか。自分たちにはあまりにも知らないことが多すぎる。

丈太郎が何冊かの書き付けをまとめて琳太郎に手渡した。

「これはオヒカゲ様に関係している物で、祭礼の奉納者が記録されているようだ」

年代はとびとびだが、一番古い物には明治二十八年と記されていた。

三人がそれをめくっている姿を見ているうちに丈太郎は何かを思い出したようで、二階に上がって他の物より丁寧に綴じられた綴りを持ってきた。

「最近見つけたものだが、これは他の物とはちょっと違うようだ。何が書いてあるのか今一つわからないが」

丈太郎はその冊子も琳太郎に手渡した。開いてみると中にはびっしりと文字が並んでいる。

「これを預けるから、ゆっくり調べてみなさい。誰か読める人がいればいいんだが。何かのヒントになるかもしれないからな」

三人はそれを手に取り、パラパラと開いて眺めたが、やはり何が書いてあるかわからなかった。

終わったら蔵を閉めるようにと鍵を置き出て行こうとする丈太郎に、琳太郎が思い出して声をかけた。

「じいちゃん、もう一つだけ」

「何かな」

振り向いた祖父は訝しそうに尋ねた。

「じいちゃんは丈太郎で親父は光太郎、俺は琳太郎。うちは代々名前に太郎がつくの？」

「いつからかわからんがそういうことになっているようだな」

「じいちゃんの父ちゃんやじいちゃんもそうだったの？」

「親父は良太郎でその親父は源太郎だったよ」

「やっぱり」

祖父は一、二歩戻ってきて、どうしてそんなことを尋ねるのか琳太郎に問い返した。

琳太郎は分室で教えてもらったことを話した。

「ああ、町が何年か前、蔵の中の資料を調べたからなあ」

琳太郎はどうしようか迷いながら祖父に再び尋ねた。

「昔、正太郎という名前の人がいたことあるのかな」

未咲希と拓也がハッとして琳太郎の顔を見つめた。

正太郎がいたということがわかってもどうなることでもない。それだけのような気もするが、少なくともあの正太郎が自分と関わりのある可能性が大きくなる。もしかしたら、羅来留に連れられて訪れた時代もわかるかもしれない。とにかく、この糸をほぐしていくには小さなことを積み重ねるしかないと琳太郎は覚悟していた。

「正太郎？　聞いたことないなあ」

「そうか。ありがとう。じゃ、このあとここを閉めて出るから」

琳太郎がそう言い、祖父は蔵から出ていった。

「家系図みたいなものってないのかな。時代劇なんかでよく出てくるだろ。それがあれば正太郎という人がいたかどうかわかるし、それがわかったらおおよその時代もつかめそうじゃないか」

拓也は名案を思いついたと言わんばかりだ。

「それがあるならじいちゃんが知らないはずないし、さっき俺が尋ねた正太郎という人がいたかどうかも調べようとしたんじゃないか」

「でも、あることを知らないのかも。この蔵に眠っていたりして。これだって最近見つけたと言ってただろ」

丈太郎から最後に手渡された綴りを拓也は指した。

「家系図って代々記入されていくものでしょ。あればおじいさんだって記入しているはずじゃない。知らないなんてことないよ」

未咲希があきれたというように口を開いた。

「そうかなあ。ドラマでは突然、蔵や天井裏から出てくるんだけどなあ」

「ドラマの見すぎだよ」

「でもさ、今、俺たちに起こっていることってドラマみたいなことじゃん」

「ドラマかあ。確かにな」

　確かに拓也の言うとおりだった。普通に考えたらこんなことは起こり得ない話なのだ。だから、ペラペラと人には話せないし、話しても信じてもらえないだろうと思う。下手をすると馬鹿にされかねない。

　三人は座ったまま読めない書き付けを眺めていた。

「それよりさ、この資料、どうしようか。貸してもらったのはいいけど読めないし」

　気を取りなおした未咲希の言葉に二人も頭を抱えた。

「誰か読める人がいればいいって爺さんも言ってたよな」

　ざっと見た感じではそれほどの手がかりにはなりそうもない資料だが、読めないことにはそれさえも確かめられない。

　再び沈黙が続いた。

「ねえ、分室の葉月さんはどうかな」

　葉月さんを訪ねた晩、未咲希がノートを整理していて思いついたことだった。もしかしたらと未咲希が考えた、願いに近い希望の光とは葉月さんを頼ることだったのだ。

　分室を出た時にこれからこの調査を進めていくには、自分たちの他に、もっと専門的な知識を持っている人が必要だと感じた。それを考えながらノートを読み返していたら、葉月さんの顔が浮かんできたという。行き詰まってきた先に見えたかすかな光明だった。

「葉月さん、歴史が好きだって言ってたし、大学でも勉強したって。もしかしたら昔の文字を読めるかもしれない。そうでなくても読める人を紹介してくれるんじゃないかな」

琳太郎は葉月さんのいかにも学術系らしい面立ちを頭に浮かべた。彼女なら、今、自分たちの周りで起こっている不可思議な現象をありのままに話しても、笑ったり馬鹿にしたりせず受け止めてくれそうな気がする。しかも、自分たちより遥かに知識が豊富で経験もあり、関係する人ともつながっているはずだ。

何よりも、彼女を通して、今、自分たちに起こっていることを説明してもらうことで、多くの人が真剣にそのことを聞いてくれるのではないかと思った。

分室で見送ってくれた葉月さんの「何となく興味が出てきた」という言葉に期待しながら、三人は再度彼女に連絡をとることにした。

土曜日に葉月さんと待ち合わせをした三人は、丈太郎から預かった資料を持って図書館へ向かった。中に入ると彼女はすでに到着していて、受付カウンターにいる係の人と親しそうに話をしている。同じ町の職員なのでお互いに知った間柄なのだろう。

ジーンズにTシャツ姿は、ほっそりとした葉月さんの体型によく似合っていた。コンタクトを入れているのか眼鏡はかけず、髪はあの時と同じように後ろで結んでいる。

美人なんだなとあらためて思った。未咲希も一応は美人の部類だろうが、葉月さんにはさらに大人の色気が漂っている。

「何ボーッとしてんのよ」

「あっ、いってぇぇ」

拓也は未咲希に肘打ちを見舞われ腹を抱えた。

「今日は作業着じゃないんですね」

声をかけてから琳太郎は当たり前のことを聞いてしまったと少し恥ずかしくなった。

「今日は仕事じゃないからね」

「ですよね。作業着もそれっぽくてよかったですけど、今日はもっと」

「こらこら、そういうのは大人の台詞だぞ。高校生にはまだ早い」

微笑む葉月さんもまた、素敵だった。未咲希が琳太郎を睨んでいる。

「何だか、すみません」

琳太郎はそんな未咲希をチラリと見ながら詫びた。半分は彼女に謝ったつもりだったが、葉月さんには、たしなめられた今の台詞についてなのか、休みを潰してしまったことについてなのか、自分でも曖昧な気がして付け足した。

「せっかくのお休みなのに呼び出したりして」

「いいの、いいの」

葉月さんは顔の前で大げさに手を振った。

「デートとかあったんじゃないですか」

未咲希が厚かましくも尋ねる。

「ハハ、ない、ない。どうせ休みは図書館や家で本を読んでいるか、大学へ行って資料をあさってるかだから」

「でも彼氏とか」

「いないよ、そんなの。あ、でも、今のところ彼氏は歴史や民俗学かな。とにかくこの彼とは付き合うのが楽しくて。だから今日も楽しくデートさせてもらうよ」

葉月さんはウインクをして見せた。

彼女の受け答えは気取ったところもなく、自然体で気品が感じられた。こんなにきれいな人なのに、男性から声がかからないなんてもったいないと琳太郎は思った。

世間とはそういうものなのかもしれない。男性にしろ女性にしろ、何かに没頭している人には隙がないのだろう。だから、取り付く島もない。もし、付き合ったとしても恋愛は二の次で、相手のことも忘れ、自分が夢中になっていることにのめり込んでしまうのだ。

いつだったか先生が言っていた。

本気で研究にのめり込んだり、夢中になって何かをやろうとしていたりする人には、恋愛の神様は寄りつかないものだと。

　葉月さんにも恋愛の神様は寄りつかなかったのかもしれない。

「あれからどうなってるの」

　窓際のテーブルの前に座りながら葉月さんは興味深そうに尋ねた。

「実は……」

　ここでも未咲希が本領を発揮する。

　神木さんから教えられたことや、琳太郎の家の蔵でのことなどを順序立てて話していった。

未咲希の説明を聞いている自分たちも、どこまでわかっていて、どこからわからないのか、何が疑問なのかが頭の中で整理されてくる。

「これなんですけど」

　説明のあとに、琳太郎は家から持ってきた綴りをテーブルに広げた。

「ああ、これね。奉納者名が記載してあるっていうのは」

　葉月さんは手に取ると表紙を確かめてから、裏表紙の日付を見た。

「そうでないものもあるけど、ほとんどは『オヒカゲ祭奉納者』って書かれているわね。裏には日付が書いてある。最も古いのは……」

　そう言いながらすべてを裏にして日付を並べた。

「このなかで一番古いのは明治二十八年のものよ。月日はすべて八月吉日になっている」

「これ、読めるんですか」

驚いた顔で拓也が尋ねた。

「少しだけ。大学の時にどうしても必要だったから。でも、ほとんどダメなの。大学では教授に頼んで読んでもらったりしたけどね」

「中の人名は難しいなあ。でも、これ、榊谷家の調査の時に誰かが分析しているんじゃないのかな。ちょっと調べてみるね」

「お願いします」

「単なる奉納者の記録だからそんなに重要視されずにスルーされたということも考えられるけど、わからなければ分室の調査に協力してくれている先生や私の恩師に当たってみようか」

「はい、ぜひ」

「少し時間がかかるかもしれないわよ」

「覚悟しています」

未咲希が頷いた。葉月さんはわかったと言いながら他の物とは体裁が異なる資料を手にした。

「あら、これは」

「それは、最近見つかったみたいです」

表紙に顔を近づけてそこに書かれている文字をじっくりと見つめていた。

「これは面白そうだな」

「何ですか、それ」

「『日加祁神社合祀縁起《ごうしえんぎ》』って書いてあるみたい」

「日加祁神社！」

思わず声を上げた。

「合祀縁起だから、なぜ日那多神社に日加祁神社を一緒に祭ったかという経緯が書かれているのかもしれないね」

やはり、日加祁神社は実在していた。こちらではオヒカゲ様と呼ばれているのだ。もしかしたら向こうの世界でもそう呼ばれていたのかもしれない。夢や催眠などではなかった。

ようやく自分たちが遭遇している出来事に直接つながる資料に巡り会えたという衝撃とともに、喜びが心の奥からふつふつとわき上がってきた。

「これにはいろいろ書いてあるみたいだけど、読めないなあ」

葉月さんは悔しそうにそれをテーブルの上に置いた。

## 9　新たな協力者

未咲希はじっと見つめてくる葉月さんの視線に戸惑っていた。

「ねえ、そろそろ本当のところを教えてくれないかな」

葉月さんの目が奥深い所で光を湛えている。歴女の好奇心がムクムクと頭を持ち上げているようだ。それとも民俗学の研究者としての勘というやつだろうか。

「え、本当のところって何ですか?」

未咲希がとぼけながら問い返す。

「あなたたち、受験生よね?」

「はい」

「大切な夏でしょう。自分たちの人生を左右する受験だもの。なのになぜこんなことを今、調べ始めたの?」

葉月さんは三人の顔を順番に見回した。

「それは、友達が」

「そうじゃないよね。普通だったら考えられないじゃない。この時期に時間をかけてこんなことを調べているなんて」

　三人は彼女と目を合わせようとしない。

「分室に来た時もおかしいなって思っていたけど、本当のところは何なの」

　未咲希が考えたように、葉月さんの知識や経験に頼らなければならないなら、正直に真実を伝えて協力してもらったほうがいい。

　未咲希は、（どうする？）と問うように琳太郎と拓也をうかがった。

　琳太郎も拓也も迷っていた。葉月さんは自分たちが経験したことを、どれだけ真剣に受け止めてくれるだろうか。二人とも戸惑いが隠せない。

「日加祁神社なんて私も知らなかったようなことを知ってるでしょ。これはただ事じゃないなと思うわけ」

「はあ」

「歴史や民俗学が彼氏の私にとって、興味ありすぎ。ラブコールされてるのに見過ごすことなんてできないんだな」

「はい」

　曖昧な返事しかできない。葉月さんが一緒に調べてくれるのならとても嬉しいし、心強いこと極まりない。でも、自分たちの話をどこまで信じてくれるかが不安だった。

「そろそろいいんじゃない。協力させてよ」

未咲希の強い視線を感じて琳太郎は頷いた。拓也も遅れて頷いていた。

「じゃあ」

一呼吸置いて葉月さんを見つめた。彼女の目は笑っていない。

「これからお話しすることは普通だったらとても信じられないことなんですけど」

「大丈夫だよ。民俗学なんかやってるとね、河童だとか座敷童だとかそんな妖怪まで飛び出してくるのが当たり前なんだから」

未咲希は意を決してこれまでのことを話し始めた。三人は葉月さんがどんな反応をするのか不安でいっぱいだった。

山辺羅来留が転入してきたこと、学校の楡の木の上に立った時のこと、日那多神社からヒカゲ村へスリップしたこと。そこで見たこと。なぜ、他の人に話すのをためらうのかなどを順序よく説明した。

これまで未咲希が整理したノートも開いて、自分たちなりの仮説も加えた。

葉月さんは優しい眼差しを三人に向け、時々頷きながら聞いている。

「あなたたちが人に話せないという気持ち、わかるわあ」

あらかた話を聞き終えた葉月さんは大きく息をついた。

「私だって今すぐには信じられないもの。でも日加祁神社がさっきの資料と一致したということは、あなたたちの話に嘘偽りはないと考えなければならないわね」

琳太郎はこの言葉を聞いてほっとした。未咲希と拓也も胸をなで下ろしているようだった。安心すると、これで葉月さんに遠慮なく相談できるという大きな喜びも湧いてくるのだった。

「ところで、話を聞く限り、その山辺羅来留という子がキーマンね。会ってみたいな」

「夏休みになってから全然学校に来ないんです」

「そうかあ。残念だなあ。住んでる所もわからないの？」

「まったく」

葉月さんは、異世界への案内人ということだけではなく、やはりアイヌ民族の神話と似ていることが気になっているようだった。

「もともと人っていろいろな能力を持っていたんじゃないかって思うんだよね」

「それ、どういうことですか」

拓也が問い返す。

「人の脳ってまだまだわからないことが多くて、使っている所はほんのわずかだっていわれているでしょ」

それは聞いたことがある。だから、もっともっと脳みそを鍛えろと教師から過激な発破をかけられることもあった。

「自然と共に昔ながらの生活をしている人たちや、それに近い生活をしている人たちには、もともと備わっていた能力が残っているんじゃないかって思うことがあるの」

「それって、文明が発達すると脳の機能が退化するということですか?」

琳太郎は羅来留のことを思い出しながら尋ねた。

「そうともいえるかな。車社会が発達すると歩く機能が衰えるでしょ。そんな感じで」

文明が進化するというのは基本的に人が楽になるということだ。人は今までやっていたことをやらなくても済むようになる。あるいはより少ない労力で済ませられるようになる。使わない機能がだんだんと衰えていくのは当然だ。

聞きかじりだけど、と前置きをしてから葉月さんはオーストラリア先住民のアボリジニを例に説明してくれた。

彼らの中には、数キロメートル先の仲間がどんな状態でいるのかがわかる人たちがいるそうだ。交信できるのだという。いわゆるテレパシーというものだろうか。

また、自分の村に誰がやってくるとか、危険が迫っているとかいうことも感じ取れるのだそうだ。これは予知能力を備えているということなのかもしれない。

あくまでも私見だけれど、と断って葉月さんは続ける。

「でもね、そういった一種のテレパシーを使える人たちが、電話という文明の利器を使い始めたらどうなるかしら」

おそらく、その能力は使われなくなり、次第に退化していくことになるだろう。直接やりとりができるのであれば、仲間がどうしているのかなどと考える必要はなくなってくる。テレパシーだって必要がなくなれば退化してくるはずだ。

「日本でもアイヌの人たちは、自然の中の動植物などのあらゆる物や事象に神が宿ると考えているの。災害や疫病などの災いにもね」

神が使命を帯びていろいろなものに宿り、地上に降りてくるのだそうだ。熊など動物に宿って人に肉や毛皮を届けたり、火や水に宿って恩恵を授けたりする。時には伝染病などにも宿って災いをもたらすこともあるという。人は神が届けた物を受け取り、宿っていた神に感謝をしながら供え物をして祈り、それを持たせて天上へ帰すのだという。

「それでね、供物を天上に持って帰った神はその世界でみんなにそれを振る舞うんだって」

供物をたくさん持って帰った神は他の神々に喜ばれ、神の世界でも地位が高くなるそうだ。すると、さらに人間に贈る食料や水などに宿って、必要な物をたくさん人の世界に届けるという相互契約のような信仰があると葉月さんは教えてくれた。

昔は自然と神と人との調和した暮らしが続けられていた。そんな暮らしをしていれば自然界のさまざまな現象に敏感になり、そこからいろいろなことを感じとることができたのかもしれない。

最近では生活様式がずいぶん様変わりしてきているようではあるが、昔からの神事や習慣を大切にしてきた沖縄にも、ユタと呼ばれる霊と交信できたり予知能力を持っていたりする人たちがいる。

「私の大学時代の友人に沖縄出身の子がいたんだけどね。ある時、自転車から落ちてわりと大きな怪我をしたの」

命に関わるほどではないし、沖縄の家族にも心配をさせたくなかったので知らせなかったら突然母親から電話がかかってきたのだそうだ。

「ユタに、娘が大怪我をしている、魂を落としているから拾ってくるように言われたって」

彼女の実家では時々ユタを訪ねて家族のことやこれからのことなどの示唆を受けているそうだ。たまたま、その時にそう告げられ、慌てて連絡をしてきたのだという。

これには彼女もさすがに驚いた。こんなに離れていてなぜわかるのかと。

「魂を落とすとどうなるんですか」

「その子の話だと、体がだるくなって何もやりたくなくなったり、どこか体調が悪くなったりするんだって。微熱が出たり、ひどい時は病気になったりもするみたい」

こんなスピリチュアルな話を、未咲希はどんな思いで聞いているのだろうかと琳太郎は思った。

「それでね、急いで事故の場所に行き、自分の魂を拾ってきたんだって。そうしたら体中だるくて何もやる気が起きなかったのが、すぐに快方に向かったって」

「魂ってどうやって拾うんですか」

「私もよくわからないんだけどね、落とした場所で『魂よ戻ってきてください』と言いながら手でかき集めて体へ戻すんだって。もちろん、沖縄の言葉でね。あまりにもびっくりするようなことに出くわすと魂を落としてしまうと言われているらしいのよ」

「魂って沖縄の方言でマブヤーって言うんですよね」

未咲希はなぜそんなことまで知っているのだろうか。

「よく知ってるわね。方言で『マブヤー、マブヤー、ウーティキミソーリ』て言いながら拾ってきたと言ってたわ」

「俺も知ってるぞ。琉神《りゅうじん》マブヤーっていうヒーロー」

拓也はやっぱり拓也だった。

「あれは、戦隊物のご当地ヒーローでしょ。沖縄の。今は関係ない！」

「あれだって魂の戦士なんだけどなあ……」

未咲希に冷たく切り捨てられた拓也はシュンとしてうなだれてしまった。

沖縄のユタには遠くで起こったことも見えるのだろうか。それは一種の透視能力なのだろうかと琳太郎は思った。

その後、沖縄の友達には、ユタに拝んでもらった魔除けの塩が実家から送られてきて、彼女はそれを小さな入れ物に納めていつも持ち歩いていたという。

アイヌや沖縄の人たちだけではない。世界の各地には先住民として、あるいは何らかの要因でそのような能力が残っている人たちが暮らしていると聞くこともある。

その人たちが何かの折にマスコミなどに取り上げられると、今の世の中では、まやかしだ、インチキだとバッシングされてしまうことも多い。もちろん、嘘で塗り固めて金儲けを企む輩もいるだろうが、すべてがそうではないはずだ。

こういう能力は現代では超能力とか霊能力とかいわれているが、もともと多くの人に備わっていた能力なのではないだろうか。それが文明の進化と反比例するように退化してきてしまったと考えることはできないだろうか。特別な能力が備わっているのではなく、その能力がまだ残っていると考えたほうがよいのではないかと葉月さんは語るのだった。

「だから羅来留という子が特別な力を発揮するというのは、もしかしたら、って思ってしまうのよ」

羅来留の能力を見た三人には彼女の言わんとすることがすんなりと頭に入ってくる。

葉月さんが提案した。

「ねえ、これから日那多神社に行ってみようか。あなたたちがスリップした場所だし、オヒカゲ様のことが何かわかるかもしれない」

同意した三人は図書館に自転車を置いたまま、彼女の車に乗り込んだ。この暑さの中、自転車での移動は大変だ。車で移動できるのも葉月さんがいるからこそだと喜んだ。

車は町の中心を抜け、田園地帯に入った。稲が緑のさざ波のように揺れている。夏休みが終わる頃には稲穂も頭を垂れ始めることだろう。

「これって、フィールドワークっていうやつですか」

拓也が運転席の葉月さんに話しかけた。彼は落ち込んでも立ち直りが早い。

「そうだね。そういうことになるのかな」

「楽しみだな」

「今まであなたたちがやってきたことだってフィールドワークなんだよ」

「そうなのかあ」

「三人は総代さんに聞き取りをしたでしょう。未咲希ちゃんや琳太郎君はお祖母《ばあ》さんやお祖父《じい》さんにも。難しく言うと、あなたたちのことをフィールドワーカー、調査対象者をインフォーマントっていうんだよ」

「そうなんですか」

未咲希はかなり興味をそそられているらしい。

「とは言っても、本当に調査するには目的をはっきりさせて、しっかりと計画を立ててから始めるんだけどどね」

「俺たちのは行き当たりばったりだったからなあ。かまわず歩いていたら電柱にぶつかったみたいな」

このところ、何でもいいから早く終わらせたいという素振りを見せ始めていた拓也は、葉月さんが加わることで百八十度方向転換をしたようだった。その動機に多少は不純なものが含まれているかもしれないけれど、と未咲希は思った。

「これまでの私たちの方法だと何もわからないってことだってあったかもね。偶然向こうの世界につながりそうな情報に出合えたからよかったけど」

未咲希の言うとおりだと琳太郎は思った。オヒカゲ様も、篠屋も榊谷家の当主の名前のこともたまたまぶつかったことなのだ。

「偶然なのかなあ」

「えっ、それ、どういう意味ですか」

葉月さんのひと言に未咲希が鋭く反応した。

「三人から今までの話を聞いているとね、偶然というより、何かの意志でそうさせられているっていう気がしなくもないんだよね」

「何かの意志……」

「そう、何かの意志。何かのというより誰かのと言ったほうがいいかもしれない。それには羅来留という子が深く関係しているような気がするの。だから会ってみたいのよ」

自分たちは誰かが敷いた路線を歩かされているのだろうか。その誰かにはこうなることが前もってわかっていたのだろうか。そしてこれからのことも。

以前教室で話を聞こうと未咲希と羅来留を問い詰めた時、彼は「わかっていた」と言っていた。日那多神社の楡の木の前でも、意識に流れ込んだ声が琳太郎たちが来ることはわかっていたと語った。思い返せば、自分たちの進む道は誰かに導かれているような気もする。いったい、誰に導かれているというのだろうか。

葉月さんはそう感じるだけで確かなことはわからないと言い、フィールドワークに話を戻した。

「計画を立ててフィールドワークをしていてもね、予期せぬことがたくさん出てくるの。こうやって調べればこんなことがわかるだろうと予測して始めることもあるんだけどね、それこそ行き当たりばったり的なこともたくさん飛び出してくる。そっちのほうが多いかもね。そうやって集めたことをどのように考えて、どうつなげていくかで見えてくるものが違ってきたり、闇の中に入り込んでしまったりするのよ」

「それが面白いんですね」

未咲希は葉月さんの話にすっかり魅了されているようだった。

「そうね。面白いわ。考えてもいなかったようなことがつながっていくんだもの。あなたたちの話でもね、三人は特別ということがとっても引っかかるのよね。どこにつながるんだろうって。このことは今回起こっていることのキーワードなんじゃないかって思うの」

自分たちもこの特別は最初から気にかかっていた。何が特別なのかがわかれば、かなりのことがつながる気がするのだ。

「でも、俺がどう関係していて特別なんだかわからないんですよね。未咲希や琳の家が関係ありそうなことはわかってきたんだけど」

それは拓也がずっと疑問に思っていたことで、これを調べていく彼のモチベーションにもなることだった。

「未咲希ちゃんや琳太郎君がそうなら、君にも必ず何か曰くがあるはずだよ。いろいろとわかってくるのはこれからだよ」

葉月さんの声は明るかった。

「葉月さんに助けてもらえるようになってよかったです。私たちだけだったら行き詰まっていたと思います」

「私が三人に協力をするということも、あらかじめそういう道を敷かれていたのかもしれないね。誰かに」

声を上げて葉月さんは笑った。


石段前の空き地に停めた車から降りると、じっとりとした暑さが体を取り巻いた。焼けつくような夏の日ざしが降り注いでいる。南向き斜面を上る石段は熱せられて照り返しが強かったが、境内に近づくと木が枝を伸ばし日陰をつくっていた。

「あなたたちが行った日加祁神社も日向山の麓だったのよね」

「はい。日那多神社が日向山だから、日加祁神社はてっきりヒカゲ山なのかと思って尋ねたら、羅来留がそこも日向山だって」

「そうなのかぁ」

葉月さんは何かを考えるように黙って境内を見回した。

「ちょっと楡の木の幹に掌をあててみて」

三人は先に手を当てていた葉月さんに続いて、両手を添え、目を閉じた。

高い楡の木の葉が風にざわめいている。鳥のさえずり。蟬の声。しかしそれ以外は何も感じない。ましてあの時の声など聞こえてくるはずもなかった。

「何も変わったことはない？」

「はい。特には」

「そうなんだろうね」

四人は楡の木から離れて社の裏へまわった。

そこにあるのは以前にも訪れた岩穴だ。あの頃、地球さえも征服できると思いながら潜り込んでいた秘密基地も、あらためて見れば狭くて色褪せた、つまらない岩の窪みにすぎなかった。

幼い時代の無邪気な夢もこの穴とともに色褪せてしまったように思える。

社の周りをひと通り注意深く見て回った。

「特に変わった様子はないわね」

葉月さんは社の閂《かんぬき》を外して格子戸を開けた。中の祭壇には大きな神棚と小さな神棚がふたつ並んでいる。羅来留に連れてこられた時は、祭壇の後ろに闇が広がっていたが、今はなんということもない板張りの壁だ。

「前に来た時は後ろの壁に暗闇が広がっていたんだけど」

「いつもそうだとは限らないのでしょうね。何かのきっかけがあるんだと思う」

「山辺羅来留」

　未咲希が呟いた。

「そうだね。その子が案内人となった時にだけ開くのかも。それに特別な人に対してだけ」

「葉月さん、聞いていいですか」

「いいわよ。何?」

「どうして葉月さんは俺たちの話を信じられるんですか」

　琳太郎はずっと疑問に思っていた。普通の大人だったら笑い飛ばして終わらせてしまうに違いないことを本気で考え、付き合えるのはなぜなのだろうか。

「恋人だって言ったでしょ。歴史や民俗学が」

「でも」

「民俗学なんかをやっているとね、それこそ現実離れをしたことには山ほど出合うのよ。前にも言ったでしょ、河童や座敷童などが出てくるって」

　さまざまな地方で調査をすると、妖怪やら妖精やらの類いから心霊現象、あるいは超能力など、たくさんのことと出合う。昔から伝わるそういうものから、その地域の人々がどんな思いで暮らしてきたのかとか、そこでどんなことが起こったのかなどを読み取り研究をしていくのだという。

「例えば全国各地にある河童伝説ね、そんなのいるはずがないと否定してしまえばそれでおしまい。研究も何もあったものじゃない。本当に見たという人もいるし、そのミイラだという物が残っている所もあるわけだし。そうでなくても同じような話がいくつかの地域にあるとすれば、その地域間に人の交流があったとも考えられるし、何が河童に変わっていったのかということをさぐる手がかりにもなるでしょ」

琳太郎も、河童のミイラをテレビの特集番組か何かで見たことがあった。

「もっともそのミイラはいろいろな動物を合わせてミイラにしたまがいものと言われたりもするけど、河童伝説のもとは何だったのかって調べる価値はあるのよ。そこに人々のいろいろな思いや生き様が浮かび上がってくるんだなあ」

「変なこと言っていいですか？」

幼い頃聞いた話を思い出して未咲希が恐る恐る話し始めた。

「小さい頃おばあちゃんから聞いた話だけど、私の家の先祖が河童に助けられたっていうんです。この前、土蔵の中で、向こうの世界につながる物がないかと探している時、それを思い出したからおばあちゃんに河童はいるのか確かめたんだけど、はぐらかされちゃった。でも家には河童の人形が昔から祭られているって」

「あら、その話、興味深いわね。それが本当なら最初に助けたのは河童じゃなくても、伝わるうちにそれが河童になったわけが何かあるんじゃないかな。調べると案外面白いことがわかるかもね」

「本当に河童に助けられていたりして」

拓也が現実離れしているとでも言うように未咲希を茶化す。未咲希はキッとなって拓也を睨み付けた。

これまで現実的だった彼女の思考がだんだんと変化してきているような気がしたが、そのことには触れず、琳太郎は彼女を茶化す拓也に矛先を向けた。

「拓、お前、そういうところが軽いんだよ。未咲希の気持ちを考えろ。今、俺たちが調べていることだって普通に考えたら信じられるようなことじゃないだろ」

「ごめん」

拓也が肩を落とした。

「座敷童なんかも探している人がいますよね」

これも琳太郎はテレビ番組で見たことがある。スタッフが座敷童がいるという旅館に泊まって一晩中カメラを回し続けていた。科学的に解明されていない物への興味とか、未知の物に対しての怖い物見たさといった類いの、学術的な調査からは程遠い特集だったけれども。

「そうね。座敷童も大切な伝説。伝説と言っていいのかな。今でも実際に出るという家や旅館はあるからね」

「今でも座敷童が出る旅館へわざわざ会いに行く人がいるって聞きました」

「そうなのよ。本当にいるのかもしれないし、人の恐れや願望が形になったものなのかもしれない。でも、そこには昔からそういう話が伝わっていて、それを信じる人たちが暮らしている」

さすがに恋人というだけあって葉月さんの話はだんだんと熱を帯びてくる。

「沖縄にもガジュマルの古木にキジムナーという精霊がいてね、『最近見ないけど、あの人たちはいったいどこへいったのかしら』なんてしみじみと語る人もいるんだよ。それを聞くと、ああ、本当にいるんだろうなと思えてきてしまうから不思議だよね」

日本だけではない。オーストラリア先住民も伝承による独自の歴史を持っているそうだ。

それは、西洋的な学問としての歴史とはまったく異なる歴史だという。

イギリスがオーストラリアを植民地にするきっかけとなったキャプテン・クックのオーストラリア上陸も、それは東海岸であったはずなのに、先住民を撃ち殺しながら北海岸まで至ったと話すアボリジニの人たちもいるそうだ。西洋的な歴史からすればあり得ないことだが、彼らの歴史の中では真実なのだという。大陸を侵略したイギリス人を象徴してキャプテン・クックの名が伝えられてきたのかもしれないが歴史の見方が異なるのかもしれない。どう捉えるかによってその人々にとって何が真実なのかが変わってくるのだ。

「科学だけではわからないことや解決できないことが山ほどあるんだよ。民俗学なんかやっているとそっちのほうがたくさん出てくることもある」

だから、三人の経験も夢物語だと笑い飛ばせないということだった。この町の研究材料としてはかなり面白いものだそうだ。

「実に興味深いのよね。リアルタイムで進行しているわけだし」

最後にそう締めくくって葉月さんは神棚の前に膝を突いた。

「さてと」

神棚の戸を開けると中には丸い青銅製の鏡が入っていた。

「鏡は天照大神の御神体だから、こっちは日那多神社ね」

天照大神が孫の瓊瓊杵尊《ににぎのみこと》にこれを自分として祀るようにと八咫鏡《やたのかがみ》を渡したということから鏡が御神体となっているそうだ。

手を合わせると、今度は隣の小さな神棚の戸を開いた。中には小さな石版。そこに文字が刻まれている。

「何て彫られているんですか?」

息を止めて見つめていた未咲希が尋ねる。

「だいぶ薄くなって見えづらいけど、たぶん『月読尊《つくよみのみこと》』と刻まれているみたい」

「ツクヨミ?」

「そう。性別はわからないけど天照大神のきょうだいで月神だともいわれている。五穀豊穣の神様だよ」

「月だからヒカゲなのかな」

拓也もヒナタとの対を考えているようだった。

「だとすると、こっちが合祀《ごうし》されたオヒカゲ様ね」

絡まった糸がまた少しほぐれたような気がした。

「いずれにしても、日加邪神社合祀縁起に書かれていることがわかるまで待つしかないわね」

葉月さんは神棚の戸を丁寧に閉じて手を合わせた。


図書館に戻って葉月さんと別れた三人は自転車を転がしながら歩いていた。

「ねえ、葉月さんに全部話してよかったのかな」

「よかったと思うよ。今日話しただけでも日加邪神社のことがずいぶんわかったし」

琳太郎は葉月さんが自分たちの話を真剣に受け止めてくれたことにほっとしていた。

「でもさ、何だか葉月さんを巻き込んでしまったみたいで」

「心配ないよ。だって、歴史が彼氏だって言ってたじゃないか」

拓也の言葉を聞いて、「そこなの?」と未咲希が突っ込んだ。話の本質から焦点が少しずれた物の言い方はいかにも拓也らしい。

「でも、葉月さんって美人だよね」

あらぬ方向に話題を持って行く拓也にあきれながら琳太郎はちらっと未咲希に目をやった。彼女の表情は変わらず、何を考えているのかそこからは読み取ることはできなかった。もしかしたら拓也の言ったことが聞こえていなかったのかもしれない。

「彼氏はいないって言ってたよな」

相変わらずデリカシーのない拓也の話が続く。

「えっ？」

未咲希は、今、ようやく拓也の声が聞こえたというように問い返した。

「葉月さんだよ。あんなに美人なのに彼氏はいないって」

琳太郎はいたたまれず、自転車に乗って先に帰りたくなったが、未咲希の反応はあっさりとしたものだった。

「何かに本気で取り組んでいる人に恋人はなかなかできないんだって。適当に世間を渡っている人のほうが彼氏とか彼女とかすぐにできるみたいだよ」

「俺も聞いたことがある。本気で何かをやっている人には恋愛の神様は近寄らないんだってさ」

琳太郎が付け足した。

「へえ。そうなんだ。葉月さんみたいな人のほうが格好いいと思うけどな」

「拓なんか、すぐに彼女ができるんじゃゃないの」

未咲希の鋭すぎる反撃だった。

「えっ、それ、どういう意味？」

「だから、拓の思ったとおりの意味だろ」

琳太郎は未咲希に加勢をする。未咲希の視線を感じた。

「そっか。つまり俺、モテるってことかあ」

開いた口が塞がらなかった。まあ、それが拓也のいいところでもあるのだけれど。

翌日の日曜早朝、未咲希の携帯電話が鳴った。葉月さんからだった。

「もう少し調べておきたいことがあるんだけど、日向山に登ってみない？」

「日向山ですか」

「そう。日向山の北斜面に入ってみたいのよ」

「それもフィールドワークですね」

「そんなところかな。特別な二人にも声をかけてね」

「はい。わかりました。図書館で待ち合わせでいいですか？」

返事をしてから、葉月さんの特別な二人という言い方が気になった。どういう意味だろう。私にとって特別なという意味ではないよね。そういう見方をされたなら悪い気持ちはしないけれど、何だか少し恥ずかしい。そんなことを考えて一人笑いをしながら、やっぱり羅来留の言った特別という意味だよなと思い直した。

自分はいったい何を考えているのだろう。

恋愛の神様は、私には近づいてくるのだろうかなどと、ふっと思った朝だった。

未咲希は琳太郎と拓也を誘って九時前に図書館へ向かった。駐車場ではすでに山を歩く支度をして葉月さんが待っている。

「ごめんね。突然呼び出したりして。大丈夫だった？」

「このことが最優先ですから。な、琳太郎」

拓也が調子よく返事をし、琳太郎も頷く。

このことじゃなくて、最優先なのは葉月さんのことでしょ。

未咲希は拓也のあまりに調子のいい言い方や琳太郎の優柔不断さが気に入らずムッとしている。

「未咲希、何をむくれているんだ」

琳太郎は自分の気持ちがわかったのかなと未咲希は少しギョッとした。

「別にむくれてなんかいないけど」

あわててそう返事をして彼女はぎこちない微笑みを返す。

「お前、何だか怖いぞ。大丈夫か」

「ばかっ」

追い打ちをかける拓也に吐き捨て、葉月さんの車の側に歩み寄った。

「若いっていいわねえ。さあ、乗って、乗って」

そんなやりとりを見ていた葉月さんはカラカラと乾いた声で笑いながら車のドアを開けた。

四人は葉月さんの車で再び日那多神社へ向かう。

「昨日の夜、預かった書き付けを持って大学の先生の所へ行ったの」

葉月さんの話に琳太郎が期待を持って問い返した。

「何か、わかったんですか？」

「そうじゃないのよ。あれはもう少し時間がかかりそう。先生も忙しいみたいだから。でも、その時の話で気になることを教えてもらったの」

今は場所がわからなくなってしまったが、昔、日向山の裏には「榊谷」という谷があったという。それは四百五十年ぐらい前、まだ安土桃山時代の頃の資料に出てくるそうだ。榊谷は狭い盆地のようになっていて、そこには小さな集落があったというのだ。

その集落がヒカゲ村なら三人がスリップした時代は絞られてくる。

「榊谷」「盆地」「集落」「安土桃山」という言葉がジグソーパズルのピースのように、琳太郎の頭の中にはめ込まれていった。

日向山登山口は神社の石段の横にあった。

登山道入口がおよそ七〇〇メートルの標高なので、一三二二メートルの山頂までは六〇〇メートルほどの登りだ。未咲希も子供の頃に何度か登ったことがある。琳太郎も拓也も同じだろう。しかし、山の北側へ回り込む道があったという記憶はない。山頂から眺めると北斜面は切り立っていて急峻な上に、奥深い山が続くだけなのだ。林業関係者か、よほどの物好きでない限りめったに立ち入ることはないはずだ。

葉月さんはそこへ分け入ろうという。

「北側に入り込んで大丈夫なんですか」

琳太郎は少し心配だった。

「たぶん大丈夫だと思う。高校時代はワンゲル部で道なき道を地図とコンパスを持って入り、読図の訓練もしていたしね。榊谷にあった集落が、あなたたちのいうヒカゲ村で、その痕跡が残っていたら、それはものすごい発見になるんじゃないのかな」

葉月さんの目はきらきらしていた。

「そうですよね。俺たち有名になったりして」

はしゃいでいる拓也を見て、やっぱり軽すぎるんだよなと未咲希はため息をついた。

「まあ、ほとんど期待はできないんだけどね」

学生時代に多くのフィールドワークに出かけているから、そのほとんどが無駄足に終わってしまうことも彼女は知っているのだ。

「この登山道をしばらく登って、ほら、ここ」

葉月さんが広げた、透明なビニール袋に入っている二万五千分の一の地形図をのぞき込む。

地形図には斜めの線が何本か引かれていた。

「途中から道を外れて、山頂を回り込むように鞍部《あんぶ》を越えてから、北側に出ようと思うの」

「鞍部って何ですか?」

琳太郎が尋ねた。

「あ、ごめん。わからないよね」

葉月さんはそう言って説明をしてくれた。

鞍部とは、山から山へつながる稜線の最も低い場所のことだそうだ。登山用語ではコルとか乗越《のっこし》ともいわれているらしい。

「それじゃ、この斜めの線は何ですか」

未咲希が不思議そうに尋ねる。

「ああ、この線ね。これは磁北線っていうのよ」

地図は北が上になっているが、地図上の北とコンパスが示す磁北は実際には少しずれている。磁北は真北ではないのだ。そのずれは本州では西におよそ七度、北海道では十度、沖縄では五度ほどだ。なので、あらかじめ地図に磁北を示す磁北線を引いておき、それにコンパスを合わせて地図を見ることでほぼ正確な方角がわかるのだそうだ。

「そうなんですか。知らなかったなあ」

「ということは、地図を見る国や場所によって磁北は少しずつ真北からずれているということですか」

「そういうことになるね」

「俺はコンパスは真北を示すのかと思っていたなあ」

「地図が読めるようになるとね、急斜面か緩斜面かも見えてくるし、谷や尾根もわかる。道がなくてもどこを通れば安全かということも見えてくるの」

「地図が読めるようになったら格好いいよね」

そう言う拓也に、いつか教えるよと葉月さんは笑った。


疲れた体に蟬の声が鬱陶《うっとう》しい。登山道を外れて雑木の樹林帯を歩いていた。日ざしは遮られているが、風がないので体が火照っている。昼が過ぎてだんだんと気温が上がり、かなり蒸し暑くなってきていた。

「少し休んでお昼にしようか。疲れたでしょ」

葉月さんの声で三人もザックを下ろし、倒木に腰掛けてタオルで汗を拭く。水筒の蓋を開け、水を流し込むと、冷たさが体の中に染みていくのがわかった。

「はい、これ。水分だけじゃなくて、ミネラルも必要なのよ」

葉月さんが三人にキャンディーを渡してくれた。レモンエキスと塩が入った飴だ。

出がけにあわててコンビニで買ってきたおにぎりを頬張る。

疲れがすうっと和らぎ落ち着いてくると、蟬の声だけではなく鳥の声も耳に入るようになってきた。草や木、枯れ葉などが混ざった森の匂いが心地よかった。

「今、この辺りよ」

地形図を広げて葉月さんが示した場所は、日向山の山頂から稜線を西へ少し下った辺りだ。

「鞍部ですか」

琳太郎の言葉に葉月さんが頷く。

「そうね。道があれば峠っていうかもしれないね」

昔、峠は国と国の境になっていたことも多かったそうだ。

「時代劇でよく見る峠は茶屋があったりするのになあ」

またドラマの話かと未咲希はあきれながら拓也を見た。

「これから反対側を下って日向山の北斜面に回り込むよ」

葉月さんは荷物を詰め直して立ち上がりザックを背負った。

「あれ？」

「どうしたの、拓」

未咲希が拓也の声に振り返った。拓也は不思議そうな顔をして辺りを見まわしている。

「俺、何だかここに来たことがあるみたいだ」

「そんなことないでしょ。だってここには道なんてないよ」

「いや、そうなんだけどね。未咲希も一緒だった？」

「何を言ってるのよ。あんたと山に来たことなんかないし」

「だよな。よく考えると俺もそう思う」

「よく考えなくたってそうだから」

二人は力なく笑い合った。

「もしかしてデジャヴかな」

葉月さんが二人を見ていた。

デジャヴは日本語では既視感ともいわれ、体験したことがないのに、あたかも過去に体験したことがあるような感覚に陥る現象だ。わりと多くの人が経験しているという。

「ドラマの見すぎなんじゃないの」

未咲希はあきれたように拓也を見たが、すぐに顔つきが変わった。自分にもデジャヴがあったことに気づいたからだ。

あれはいつだっただろうか。すぐには思い出せなかった。

「さあ、出発しようか」

葉月さんの声に再び藪を漕ぎながら樹林帯に分け入る。

休んだあとは下りと聞いていたので、楽になると思っていたがそうでもなかった。呼吸は楽だが、膝の上の筋肉が張ってくる。登りと下りとでは体の使う場所が違うので、疲れ方も同じではないということに初めて気づいた。

時々、葉月さんは立ち止まり、地形図にコンパスを当てて方向を確認している。日向山の北斜面にも楡の大樹が何本かあった。その一本の前まで来て、四人は立ち止まった。

葉月さんは周りを見回している。

「ねえ、この辺り、何だか不自然な感じがしないかな」

さほど広くはないが、他よりも傾斜が緩く、斜面が切り取られたように平坦な感じがする場所だった。落ち葉に埋もれ、灌木もかなり生えているが、楡の木の周りには背の高い木はない。

琳太郎は辺りをひと周り巡りながら自分はここに来たことがあると感じていた。つい最近のことだ。それはデジャヴのような曖昧なものではない。

楡の木から右へ一歩、二歩、三歩と歩み出し、地面がやや盛り上がっている所に立って麓を眺めようとしたが、木々に覆われ視界は遮られていた。

琳太郎は思いついたように、足下の盛り上がった地面の土を足で拭うように削り始めた。少し削っては場所を移動し、それを繰り返している。

「琳、なにやってるの」

未咲希の声が聞こえていないかのように琳太郎は一心に土を削っている。行ったり来たりを繰り返している範囲はそれほど広くない。周りより少し高くなっている場所だけだ。

「琳、琳太郎！」

拓也の声にも気づかなかった。

「あった」

琳太郎は近くの丈夫そうな枝を拾い、今度はそれで土を掘り始めた。みると石の頭がいくらか飛び出している。

「何なの、これ」

未咲希の声に琳太郎が答えた。

「頼む。これを掘り出すのを手伝ってくれ」

未咲希と拓也は何事かと思いながらも近くに転がっている枝を拾い、琳太郎と一緒に石の周りの土を削り始めた。何事が起こったかわからない葉月さんもやがて加わる。

しばらく掘っていると石の平たい側面が見えてきた。一つの石に組み合わさるようにその隣にも同じような石が並んでいる。

「もういい。ありがとう」

琳太郎はみんなを止めると顔を上げた。

「葉月さん、これ、見てください」

土から現れた石の側面を興奮したように持っている枝で示す。

「人工的に組んだものみたいだね」

葉月さんが呟く。未咲希と拓也は顔を見合わせた。

突然、琳太郎が走って斜面を下り始めた。

「おい、琳、琳、どこへ行くんだよ」

拓也の声が追いかけるが琳太郎は止まろうとしない。

「迷ったら大変だよ！」

葉月さんも叫んだ。それでも琳太郎の足は止まらない。三人もあわてて琳太郎を追って斜面を下った。

傾斜が緩くなった所でようやく追いつくと、琳太郎は膝に手を突き、荒い呼吸をしていた。何度か転がったのだろう、髪や服に枯れ葉や土が付いている。

「ない」

琳太郎が苦しそうに呼吸をしながら呟いた。

「ないって、何が」

「石。ここにあった。日加祁神社と刻んである石。二人も見ただろう」

「ん？」

未咲希と拓也の目が大きく見開かれた。

「じゃ、ここは」

「そう、日加祁神社」

ようやく呼吸が整ってきた琳太郎の言葉に、二人は下ってきた斜面を見上げた。石が所々に見え隠れしている。それは階段に見えないこともない。

「ここが、そうなの？」

興奮気味に葉月さんが尋ねた。

「間違いないです。さっきの石組みはたぶん社の基礎」

「そして、ここから上に石段」

未咲希が付け足した。

「ここから下には村へ続く道があったはずなんだ」

拓也が記憶を呼び起こしながら話す。

しかし、そこには道もなければ集落の跡らしきものもない。木が生い茂っているからそう見えるのか、この前ここから見た時よりも谷がかなり浅くなっているような気がする。榊谷の屋敷があった丘も見つからない。

「下に村が見えたんだ。ついこの間」

拓也の言葉を未咲希が訂正した。

「私たちにはついこの間でも、実際は何百年も昔なんだよ。きっと」

「何だか、すごいことになっているような気がする」

葉月さんは鳥肌が立った両腕をさすりながら興奮気味に続けた。

「日向町の歴史もさらに掘り下げられることになるのかもしれないよ」

足下に広がる森林を見ながら葉月さんは続けた。

「村があった辺りまで行ってみましょうか。だいたいの場所、わかる？」

「なんとか」

琳太郎は神社からそう遠くはなかったはずだと思った。

「どの辺りを目指せばいいのかな」

地図を広げて葉月さんが琳太郎に尋ねた。

「今いる場所から北におりて、そう遠くないはずだから……」

地図を指でたどる。

神社の石段に立って村を見た時、左から右へ川が流れていたと言うと、葉月さんは山に囲まれ窪んだ地形に注目した。

「それほど遠くなかったならこの辺りかもしれないね」

地図が読めるっていうのはすごいことだと三人は思った。

「もっと何かあるかもしれない」

四人の探究熱が最高潮に達し、期待に胸を躍らせて歩き始めようとした時、水を差すようにポツリと雨粒が落ちてきた。

「雨」

空はいつの間にか黒雲に覆われ、木々の間を冷気を含んだ風が通り抜けていった。

「まずいな。夕立になるかもしれない」

葉月さんにそう言われてあわてて合羽を着込むと、じきに雨脚が強くなってきた。空が不気味に光る。どこかで雷が発生しているのだ。

「どこかに雨宿りできる所を探さなくちゃ」

「あそこがいいよ」

拓也が走って大きな木の下に入ろうとした。

「ダメ！」

葉月さんの声が鋭く響く。

「すぐに出て。雷の時は木の下に入ったら危ない」

できるだけ高い木から離れた場所で、体を低くしていなければ落雷の危険がある。

大粒の雨が音を立てて合羽を叩き始めた。

「どこかないかな」

「葉月さん、あそこ！」

琳太郎が指さしたのは、少し離れた場所にある、岩の窪みだった。この雨の中、そこだけは光芒が落ちている。まるで誰かが避難する場所を教えているかのようだった。四人はそこを目指して走った。

合羽のフードからしたたり落ちる雨が顔を濡らす。

あと少しで岩の下に飛び込めるという時、ヴッという鈍い音がして辺りが真っ白になった。バキバキッという木を裂くような音が響き、すぐあとに大きな雷鳴が轟いた。

「いやああああ！」

未咲希が耳を塞いでかがみ込み、その上に拓也が覆い被さる。

葉月さんも琳太郎も頭を抱えてかがみ込んだ。近くに雷が落ちたようだ。何かが焼け焦げた匂いが漂っている。

雨と風はますます激しくなり、森がざわめいていた。

拓也は未咲希を引き摺るようにして岩の下に飛び込み、続いて琳太郎たちも潜り込んだ。

「助かった」

琳太郎の安堵が口から漏れた。

「ごめん。あなたたちを危ない目に遭わせてしまった」

「こればかりは自然のなすことですから」

琳太郎は葉月さんが謝るのを聞きながら仕方のないことだと思った。

でも、葉月さんは、気温や湿度などから夕立が来そうなことは昼頃に予感していたし、冷たい風が吹き始めたので注意深く空を見てさえいれば、雷雲が近づくことをもっと早く気づけたはずだと言った。

「日加祁神社や集落の跡が見つかるかもしれないということに気持ちが高ぶっていて、注意を怠ってしまったんだな」

三人を危険な状況に巻き込んでしまったのは自分の責任だと再度謝った。

「いずれにしても、これからどうするかです。帰らなくちゃいけないし」

岩の窪みの中に座って落ち着いた琳太郎はこれから先のことを考えた。

「夕立だからそう長くは続かないと思うの。雷がおさまって小降りになってきたら、帰りましょう。残念ながらヒカゲ村を探すことはできないけど」

葉月さんはとにかく安全第一だと言った。

未咲希は岩の下に引き込まれてから膝を抱えたまま何も言わなかった。

「未咲希ちゃん、大丈夫？」

そんな未咲希に葉月さんが心配そうに声をかける。

「はい」

返事をしたものの、未咲希は別のことを考えていた。

あの時と同じだ。地震で拓也が庇ってくれた時と。あの時も妙な感じがした。でもその時よりずっと強く感じる。今はそれが何であるのか、あの時よりはっきりとしていた。

どこかで出会ったことがある。雷ですくんでしまう自分を庇うように、誰かが覆い被さる場面。

デジャヴにとらわれていた。

それが、いつ、どこで、誰に庇われたのかはまったくわからない。そういう場面があったという既視感だけが未咲希の中に残っていた。

葉月さんは地形図にコンパスを置いて何かを調べている。

琳太郎はそれを見て、地形図をビニールに入れてある意味がようやくわかった。水に濡れないようにするためなのだ。紙の地形図は濡れると使い物にならなくなる。そうなると、コンパスだけでは現在地を特定することもできず役に立たないのだ。

「おかしいなあ」

葉月さんが首をひねった。

「どうかしましたか」

葉月さんの困惑した顔が琳太郎に向けられた。

「コンパスがね、変なのよ。壊れちゃったのかなあ」

のぞき込むとコンパスの針がゆっくりと回転していて方向が定まらない。

「こんなこと、今までなかったんだけど」

「この岩に鉄分が多く含まれているとか、磁場になっているとかってないんですか」

「可能性はあるわね」

「それか、さっきの落雷の影響とか」

「それもあるかもしれない。とにかく小降りになったらここから少し離れて確かめてみるわ」

コンパスが使えなくても、地図をたどって歩いてきたからおおよその帰り道はわかるだろうけど、と弱々しく微笑む葉月さんは何度も地図にコンパスを当てては岩屋の外を眺めていた。

さっきまで荒れ狂ったように地面をたたきつけていた雨が小降りになってきた。空を弱々しく光らせながら、雷鳴も遥か遠くで聞こえるようになった。

夕闇が迫っている。

「ちょっと、待っててね。確かめてくるから」

そう言い残して葉月さんは外へ出て行った。三人は暗くなっても歩けるようにザックからライトを取り出し、持ってきた菓子をついでに口に入れた。

「未咲希、本当に大丈夫か」

拓也が気遣って未咲希に声をかける。

チョコレートをかじっていた彼女はニッコリと微笑んだ。

「ごめん、大丈夫だよ」

琳太郎はひとまず安心した。さっきの落雷で彼女がどうにかなってしまったのではないかと心配していたのだ。

雨はほとんど上がり、雷鳴も聞こえなくなっていた。

「かなり暗くなってきてしまったなあ」

雲が去った空にわずかな光は残っているが、森の中は外にいる葉月さんの姿がかすかに見える程度の明るさだ。

「今夜はここで野宿だったりして。なんかそれもワクワクするなあ」

さっきまで黙りこくっていたのに、いつもの姿に戻った未咲希は楽しそうだ。

「帰らなかったら家の人が心配するだろ」

拓也の声に未咲希はあきれたという顔をした。

「何言ってるの。今はスマホっていう便利グッズがあるでしょ」

スマホをザックのポケットから取り出してのぞく。

「あらあ、圏外だ」

拓也と琳太郎も自分のスマホを取り出してのぞき込んだ。

「うん」

「俺のも」

「さっき、葉月さんのコンパスも使えなかったから、それに関係しているのかな」

「そうじゃなくてこの場所は山間だから電波が届かないんだよ」

「携帯の会社にもよるんじゃないかな」

「少し歩けば圏内になる所もあるだろう。山中はつながらない所がまだまだたくさんあるだろうけど、最近は通信範囲がかなり広がってきているみたいだし」

拓也が岩の間からのっそりと外へ出た。離れた所で地図を広げている葉月さんの姿がさらに見えづらくなってきている。

「拓、遠くへ行くなよ。暗くなってきたし、今、離ればなれになるのは危ない」

「わかってる」

拓也がそう言って葉月さんに近づこうと足を踏み出した時、斜面の上にうっすらと白い人影が見えた。

「お、おい、ちょっと」

恐ろしいものを見たとでも言うように中の二人を拓也が呼び、琳太郎と未咲希は岩の下から這い出した。

「何?」

二人が拓也の視線の向かっている先を見上げると、白い人影がゆらゆらと動いている。途端に全身が粟立ち、血の気が引いていくのを感じた。

「な、何、あれ」

未咲希の声が震えている。

「わ、わからない」

拓也の声も震えている。

「あ～、やっぱりコンパスがダメみたい」

戻ってきた葉月さんに琳太郎は白い人影を指さした。ギョッとして葉月さんの体が、一瞬、強ばった。

「何なの、あれ？」

声を潜めて尋ねる。

「わかりません」

できることならこの場から逃げ出したい衝動にかられていた。

白い人影は揺れながらだんだんと四人に近づいてくる。白い着物は雨土で薄汚れ、所々に煤が付いているようにも見える。目を隠すまでに伸びた髪。それは濡れてさらに長く見えた。少し俯き加減の姿。

やがて琳太郎にはそれが誰なのかがわかってきた。

「羅来留、なぜここに？」

彼が四人の前に立つと琳太郎が尋ねた。

「君たちがここにいることはわかっていた」

学校にいる時のようにボソボソと彼は話す。

「彼が、そうなの？」

会ってみたいと言っていた山辺羅来留なのかと尋ねた葉月さんに拓也が頷いた。

「君、どうしてそんなに……」

汚れているのかと尋ねようとした未咲希の言葉を遮るように、震える羅来留の声が聞こえた。

「落ちてきた」

羅来留はいつものように片言でしか話さない。一問一答を未咲希は繰り返す。

「何が落ちてきたの」

「シカンナ」

「それは何？」

未咲希はもどかしさを感じながらも粘り強く会話を続ける。

「神。シカンナがチキサニに落ちてきた」

聞いていた葉月さんが突然口を開いた。

「それって、もしかして……」

アイヌの物語ではシ・カンナ・カムイは雷の神、チキサニはハルニレの木に宿る姫神だと葉月さんは言った。

彼らの創世神話では、チキサニの宿るハルニレの木に、雷神のシ・カンナ・カムイが落ちてアイヌ・ラッ・クルが生まれたと語られている。アイヌ・ラッ・クルはオキクルミという別名でも呼ばれているそうだ。羅来留《らくる》とラッ・クル。偶然にしてはあまりにも似すぎている。だとすると、さっきの落雷はあの神社の跡地にあった楡の木に落ちたということなのだろうか。

近くで羅来留は巻き込まれたのだろうか。

「君はオキクルミ?」

葉月さんは思いついたように尋ねた。羅来留は何も言わずに彼女を見つめている。

日が落ちてしまうと、森はあっという間に闇に溶け込んでいった。

あまりの出来事に、四人には自分たちが遭難しているという自覚はない。それでも、今日は家にたどり着けないだろうとはうすうす感じていた。

「心配するだろうなあ」

未咲希が呟いた。

「ついてきて」

羅来留の言葉に、日那多神社からスリップした時と同じだと思った。

琳太郎は不安そうな葉月さんに声をかけた。

「大丈夫です」

すでに未咲希と拓也に不安はない。

先頭に立って斜面を登りながら時々立ち止まり、羅来留は何かに耳を澄ませている。

「こっち」

しばらくするとまた歩き出す。

「何をしてるんだ。何かが聞こえるのか」

拓也が息を切らせながら尋ねる。

「声」

「何の？」

「精霊たち」

「それはどこにいるの」

葉月さんの民俗学への情熱が再び燃え上がり、不安を拭い去ってしまったようだ。

「木にも、風にも、虫にも、動物にも、森の中のすべてのものに」

「精霊と何を話しているの」

「道」

精霊たちに道を教えてもらっているというのだろうか。

ようやくこの時、四人は持ってきたライトを使っていないことに気づいた。ライトがなくても羅来留の白い背中を追ってさえいれば登ることができたのだ。

初めて灯りを付け、周りを照らした。驚くことに、足下には、ないはずの山道がある。

「精霊たちが道をつけてくれた」

羅来留の言葉を信じないわけにはいかなかった。道は足下から上へとのびている。振り返ってみても自分たちの後ろに道はない。それどころか今歩いてきた道さえ、通り過ぎてしまうと草木の生い茂った斜面に戻ってしまうのだ。

羅来留を先頭に四人は黙々と登り続けた。

樹林帯が突然開け、山頂に出た。

そこは間違いなく日向山の山頂だ。斜面を登っていた時よりも空はかなり明るかった。太陽が西の山に沈むまでにはまだ少し時間がありそうだ。時が逆戻りしたかのようだった。

時計の針は午後四時半を示している。

「変だね。もうすっかり日が暮れたと思っていたけど」

葉月さんは狐につままれたような顔をしていた。

ふっと気がついて辺りを見まわした。羅来留の姿がない。登ってきたはずの道も消えてしまい、どこから山頂に上がってきたのかわからなかった。

「どういうことだろう」

琳太郎は独り言のように呟く。

ポケットから取り出したコンパスを見ている葉月さんは、目を丸くしていた。

「私たち、別の世界にいたのかもしれない」

琳太郎と未咲希と拓也は疑いもせずその言葉を受け入れることができた。

スマホもアンテナがすべて立ち、圏内に戻っている。

四人は日向町への山道を下り始めた。子供の頃から何度も訪れているので迷う心配はない。踏み跡もしっかりとついている。

「何だか、前にもこんなことあった気がする。羅来留に助けられたような」

歩きながら未咲希が言った。

「俺もそんな気がする」

拓也も声を出した。

「危なくなると羅来留がいつも助けてくれたような気がするな」

琳太郎も同じことを考えていた。

いつの記憶なのか、思い出そうとしていたのだがそれはかなわなかった。

「三人同時に見るデジャヴってあるのかな」

今日はとにかくデジャヴを感じることが多かった。もしかしたら自分たちにそれを感じさせていたのは羅来留だったのだろうか。それとも、羅来留が話していたという精霊たちだったのだろうか。

何か意味があるに違いない。これだけ多くの記憶が自分たちの中に流れ込んできているのだ。

# 10　点から線へ

一週間後、預けてあった資料の内容がわかったと葉月さんから連絡があった。

「びっくりするような新しい情報があるわよ」

電話口で声を弾ませていた葉月さんと、三人は図書館で待ち合わせた。

先週の出来事以来、葉月さんはかなりテンションが上がっている。これまでにない経験をしたことで、嬉しいのやら、恐ろしいのやらさまざまな感情が入り乱れ、自分の気持ちが整理できなくなっていると電話口で話していた。

葉月さんのようにいろいろな経験をしてきた人でも自分たちと同じなのだと琳太郎は思った。

羅来留に連れられてヒカゲ村へスリップしたあと、向こうの世界からこちらへ戻ってきた時も、自分たちはかなりの興奮状態が続いていた。何をどう考えていいのかわからなかった。何よりも、現実のことだったのかどうかがはっきりとしない。現実といえば現実でもあるし、そうでないといえばそうではないような気もしたのだ。恐ろしいことが自分の身の回りで起こっているのではないかと思いながらも、未知なる世界をもっとのぞいてみたいという好奇心が湧き上がっていた。それは、夜中に部屋で響く不可解な音に起こされ、布団の中に頭を隠しながらも、一方では顔を出して何が起こっているのか確かめたいと願う姿によく似ていた。

葉月さんはこの日も先に図書館へ来て待っていた。

「先週はごめん。あなたたちをあんなに危険な目に遭わせてしまって。登山経験者の私がもっと冷静でいなければいけなかったって、そのことでは落ち込んでいたんだよ」

「でも、あれは違う世界だったから」

未咲希の言葉に葉月さんは弱々しく笑ってため息をついた。

「あの子に助けられたね」

「山辺羅来留ですか」

「うん。彼がいなかったらたぶんビバークするところだった。あ、それって野宿みたいなものね」

「あそこが異世界だとしたら、それでも帰れたかどうか」

葉月さんを責めるつもりはないが、拓也の言うことにも頷けた。

コンパスは使えなくなり、電波も届かなかった。暗くなる前だったとしても、たどってきた道を引き返して戻ることができただろうか。

あの日、日向山登山道から西へ逸れて、昼食後、北斜面に回り込んだ。どこから、異世界へ入り込んでしまったのだろう。あの落雷で空間が歪んだのだろうか。

拓也は昼食をとった鞍部で既視感に襲われ、あそこを未咲希と通ったことがあると言っていた。あの時からなのだろうか。

　わからない。

　羅来留は、琳太郎たちがあそこにいることはわかっていたと言った。ならばあの世界に誘ったのも羅来留だったのだろうか。羅来留が誘い、そして彼が元の世界に連れ戻したというのだろうか。

　いつか葉月さんが言っていたように、あらかじめ敷かれているレールに乗せられているなら、そう考えるのが自然なようにも思えてくる。

　でもいったい何のために？

　やたらとデジャヴにとらわれたのにも何かわけがあったのかもしれない。

「でも、ま、戻ってこられたんだから、結果オーライということで」

　にっこり笑う拓也はやはり拓也だった。

　図書館の中は人が少なくひっそりとしている。

「それじゃ、ここに座って。一つ一つ説明するね」

　周りに三人が座ると、葉月さんは紙でできた手提げ袋の中から預けた資料を取り出して広げ始めた。

「まず、こっちからね」

　示したのは、奉納者リストの綴りだ。

「これは思ったとおり、奉納者のリストだったよ。でも、そこに書かれているのは時代が変わってもほとんどが同じ姓の人たち。名前は違うけれど」

大学の先生が名前を書き出してくれたノートを開いた。そこには、鉛筆で年ごとに奉納者の名前が記されている。

三人はその名前を目で追った。

「榊谷」という姓が赤で囲んである。そして「篠田」も。

「これはおそらく琳太郎君の家、そして篠田は未咲希ちゃんの」

ふたつの家はどの年にも必ず奉納者として記されていた。そしてもう一つ赤で印が付いているのが「熊沢」という姓だった。これもすべての年に記載されている。

熊沢という姓は日向町には拓也の家と父の実家しかない。この記録の時代には分家はまだなかったはずなので、本家が奉納していたことになる。

「俺の親父の実家も毎年奉納しているぞ」

篠田屋の奉納は商売柄なのかもしれないが、拓也の家系も日加祁神社と深いつながりがありそうだった。

「それとね、興味深いのはこっち」

葉月さんは「日《ひ》加《か》祁《げ》神社《じんじゃ》合祀《ごうし》縁起《えんぎ》」を出して、先ほどのノートを見ながら説明を始めた。こちらは内容が多く、どうやら先生の話を聞きながら葉月さんが書き取ったもののようだ。

それによると、日加祁神社が日那多神社に合祀されたのは、元和三年八月二六日。西暦一六一七年だそうだ。元和三年というと豊臣家が大坂夏の陣で徳川家康に滅ぼされた二年後だと葉月さんは言った。

「江戸時代の始まった頃ですか」

琳太郎が驚いて声を上げた。

当時の日向村には他の地から移り住んできていた人たちがいた。その人たちが村の人たちに何年も働きかけて同意を取り付け、今の日那多神社のある所に合祀したと記されているらしい。

その中心となったのが榊谷の正太郎、篠屋信之介、篠屋奉公人の仙蔵だったという。

明治になると仙蔵の子孫は熊沢姓を、篠屋は篠田姓を名乗り、御神体を預かっていた榊谷家や移り住んできた人たちと共に代々、それをオヒカゲ様と呼んで守ってきたと書かれているそうだ。榊谷家の正太郎が亡くなったあとは弥太郎という人に引き継がれたとも書いてあった。

三人は息を詰めてそこまでの話を聞いていた。

「ということは、仙蔵という人は俺の先祖ということになるのか」

拓也はなぜ羅来留にヒカゲ村へ連れて行かれたのか、なぜ琳太郎や未咲希と同じように特別だと言われたのか、ようやくわかった気がした。

「篠屋にお嫁に来たキヨさんも私の先祖ということになるのかしら」

未咲希もヒカゲ村のキヨの家でのことを思い返していた。

「つながったね。これで」

　葉月さんは怖いほど目に強い光を宿している。

「あなたたちが特別なのはヒカゲ村と深いつながりがあるからなのよ」

「特別という意味は何となくわかったけど、だったら、なぜ、今、あの村へ？」

「三人でなければならないことが何かある。今でなければならないことが何かあるのよ」

「それがこれから起こるということなのかなあ」

　拓也は葉月さんを見つめた。

「そう考えるのが正しいでしょうね」

「俺たちがスリップした時代は江戸時代になるかならないかの頃だということか」

　それまで黙って何かを考えていた琳太郎の言葉に未咲希も拓也も頷いた。

「それって天下分け目の戦いと言われている関ヶ原の合戦の辺りのことじゃない」

　未咲希の頭の中の年表がめくられた。

「今から四百年以上前のことだよな。豊臣秀吉と徳川家康が戦った」

「ちがう、ちがう。豊臣方と徳川方の戦だったけど、秀吉はすでに死んでたの。西軍の豊臣方の大将は石田三成だよ」

　拓也の思い違いを未咲希が丁寧に訂正した。

「そうだったかなあ」

拓也の言葉に葉月さんが思わず吹き出した。三人もそれを見て笑った。

さらに話を進めると、日向村に移り住んだ人たちは、どうやら一度に移ってきたのではなく、何年もかけて次第に増えていったようだ。

「でも、仙蔵という人はマタギだと拓は言っていなかったか？」

「そうだよね。記録には篠屋の奉公人と書かれているみたいだけど」

琳太郎と未咲希は不思議そうに拓也に尋ねた。

確かに仙蔵はマタギだった。でも、篠屋に嫁に来たキヨをヒカゲ村から送ってきたのは仙蔵に間違いはない。そのまま、日向村に住みついて篠屋の奉公人になったのか、あるいはのちにヒカゲ村から出てきてそうなったのか、それはわからないが、とにかくそのどちらかに違いない。

「そんなところでしょうね」

拓也の考えに納得して葉月さんも相槌を打った。

いずれにしても、仙蔵は自分の先祖なのだと拓也は思った。

日加祁神社合祀縁起の中にはヒカゲ村の名は出てこなかったと葉月さんは言い、さらに続けた。

「それからもう一つ。私がこの前からとても気になっていたことを先生に尋ねてみたの。アイヌ民族のことなんだけどね。先生の言うことには、昔、この辺にも住んでいて、大和朝廷に追われて北海道へ渡った人たちがいた可能性もあるんじゃないかって」

それなら山辺羅来留も楡の木も説明ができそうだ。でも、未咲希が持ってきた本を見せた時に、彼は首を振って否定したではないか。

もつれた糸がだいぶほどけてきた。もう少しですべてがつながり一本の線になりそうだ。

それでも、まだわからないことがある。

なぜ自分たちはあの村に連れて行かれたのだろう。ただ、この土地の歴史を掘り下げるためだけだったなどというはずはない。

「そんなはずないよ」

未咲希の言葉に拓也も続ける。

「何か必ず理由があるはずだ。これから起こることに関係のある何かが」

拓也は考え込んでいた。

「俺たちがあそこへ行った理由は何だろう」

三人はこれまでのことを振り返りながら必死に考えてみたが思いつくようなことはない。

「だめだ」

最も肝心なことがわからない。詰めていた息を拓也がぶはっと大きく吐いた。それを見ていた未咲希は緊張がほぐれたようにふふふっと小さく笑った。

葉月さんが心配そうに三人の顔を見ている。

「葉月さん、遺跡などを発掘しているといろいろな物が出土しますよね。でも、本当に肝心な物が見つからない、それが見つかればその遺跡の全体像がわかるのに、なんてことがありますか」

琳太郎は苦し紛れにそう尋ねた。

「あるわね」

「そんな時、どうします?」

「もう一度最初に戻って考える。自分たちが思い違いをしていないか、本当に、今、考えていることが正しいのかどうか。それから、出土した物に耳を傾けてその声をじっくり聞くかな。そうすると新たに閃《ひらめ》くことがあるの」

「未咲希、頼む。お前の頭でこれまでのことをもう一度整理してみてくれないか」

「うん。どこまでできるかわからないけどやってみようか」

未咲希は以前三人で話しながら書き取ったノートをバッグから取り出した。

「じゃあ、まず、私たちとヒカゲ村の正太郎さん、仙蔵さん、キヨさんの関係を図にしてみるね」

琳太郎＝正太郎、拓也＝仙蔵、未咲希＝キヨとそれぞれを頂点として三角形に書き込んだ。

次に今の時代の三人を線で結び、そのあと、ヒカゲ村の三人も線で結んだ。

「羅来留は私たちにも、ヒカゲ村の三人にも関係があるよね」

そう言いながら「山辺羅来留」と三角形の中央に記す。

「そうだよな。俺たちにもあの人たちにも羅来留は友達なんだろうな。俺たちは危ないところを助けられたし」

「ちょっと待てよ」

琳太郎は拓也の声を遮った。

助けられた時の既視感。あの日は確かにデジャヴが多いと思ったのだ。羅来留に助けられた既視感は、もしかしたらヒカゲ村の三人の記憶なのではないだろうか。三人は羅来留にたびたび助けられていたのではないか。

「拓は昼飯を食べた尾根に未咲希と来たことがあるような気がすると言ったよな」

「そんなはずないのにな。未咲希のことをいつも思っているからかな」

拓也が軽口を叩いておどけてみせた。

「ばか」

未咲希が葉月さんの様子を気にしながら恥ずかしそうに顔を赤らめた。

「いや、きっとあそこを越えたんだ。未咲希とではなく、キヨさんと。そしてその記憶はキヨさんを日向村へ送る仙蔵さんのものだったのかもしれない」

「じゃ、私も雷の時感じたのは……」

「何か感じたの」

葉月さんが促した。

「岩屋の中でずっと考えていたんです。雷が落ちて拓が庇ってくれた時、どこかで同じようなことがあったなって」

「それって、地震の時のことじゃないの」

拓也が質《ただ》す。

「そうじゃない。地震の時も本当はちょっと変な感じがしたの。でも雷が落ちた時にはもっと強く感じたんだよ」

「それも、キヨさんと仙蔵さんの記憶なんじゃないかな」

これまでの話を聞いて葉月さんが推測した。

「そうかもしれない」

未咲希の声は落ち着いていた。

「奴は学校の楡の木の上で、『来る！』って言ったよな。大きなもの、怖いものが来るって」

「まだ大丈夫、まだ耐えられる、とも」

拓也の言葉で琳太郎もその時のことが蘇ってきた。頭の中で羅来留の言葉がぐるぐる回りだした。

「い、来るってあの時はてっきり地震のことだと思っていたけど」

琳太郎と拓也は未咲希の顔を見て叫んだ。

「そうじゃない！」

「この世界のことじゃないんだ。向こうの世界のことなんだ。それを俺たちに伝えに来た」

「どうして俺たちに？」

「それは、この図を見ればわかるでしょう」

葉月さんが未咲希の描いた図を指でコツコツと叩いた。

「特別なんだな。俺たち」

拓也が呟く。

「俺たちは向こうでも、こっちでも羅来留の友達なんだ」

「だから彼は助けてくれるのかもしれないね。向こうの世界でもきっと三人を助けていたんだよ」

「何が来るのかはわからない。でも何かが来ることを俺たちに伝え、あの世界で俺たちに何かをしてほしいと」

琳太郎が想像したことをつなげて話した。

「じゃ、なぜ彼は自分でみんなを守ろうとしないのかな。これまでも助けてきたのだとしたら」

新たに湧いてきた疑問を葉月さんが口にした。

「わからないけど、一人じゃできないことなのかもしれない」

「もしかしたら奴にはもう、助けることはできないのかも」

「どうして」

「それはわからない。その力がなくなってしまったとかそんな感じかな」

拓也が話すのを聞きながら未咲希は、日向山山頂へ導いてくれた彼の、薄汚れた姿を思い浮かべていた。

それは、ヒカゲ村へ自分たちを連れて行った時よりも弱々しく、頼りなさげだった。着物が薄汚れていたからそう感じただけではないような気がする。

とにかく、羅来留は自分たちに何らかの助けを求めているに違いなかった。

## 11　精霊の声が聞こえる

琳太郎たち三人は、日加祁神社の境内で羅来留と対峙していた。彼に連れられ、この前と同じように日那多神社からここへたどり着いたのだ。

前回と違うのは、楡の木の前で口に入れたベリーがだいぶ甘かったことと、この世界に三人で一緒にいること、衣服が替わっていないこと、そしてしっかりと地に足がついていることだ。そしてもう一つ挙げるとすれば、羅来留が力なく楡の木の前に座っていることだった。

雨が音を立てて激しく降っている。

羅来留はあの山に雷が落ちた日のままの姿で薄汚れた着物を着ている。三人も雨に濡れていた。

楡の木は雷に打たれたはずではなかったかと琳太郎は思ったが、よくよく考えると、落雷はもっとあとの時代、すでに社や村が消滅していた時代で、今はまだ残っていて当然だということに気づいた。

「ようやく君たちにお願いできる」

羅来留の声には力がなかった。

初めてここへ来た時も、女性の声が意識の中で、「お願いしなければならないことがある」と囁いた。ここでも羅来留がそう願っている。

普通に生活していたら決して遭遇することがない経験をしている三人は、抵抗なく彼の声を聞くことができるようになっていた。羅来留は自分たちがこうなるのを待っていたのだろうか。そのために時空をまたいで三人を案内し、いろいろな出来事を見せたのだろうか。

「もう、時間がない」

苦しそうに羅来留が続けた。力を振り絞りながら話しているのが見た目にもわかる。

「君、大丈夫なの？」

未咲希が心配そうに声をかけた。

「大丈夫。でも、時間がない」

「何をすれば？」

するとと羅来留は、もうすぐ村がなくなると言った。長く降り続く大雨で土砂が崩れ、村を飲み込むのだと。

「みんなをここへ連れてきてほしい。日影村の人たちを助けたい」

この時、三人の頭の中に「日影」という文字が突然浮かんできた。羅来留がそうしたのだろうか。ヒカゲ村は日陰ではなく、日影であることを今、ようやく知ることができた。

「人は神から遠ざかってしまった。自然界に宿る精霊と共に生きる道から逸れてしまった」

「精霊？」

「神は精霊としてあらゆる物に宿る。精霊の声はもはや人々には届かない」

「どうしてもっと早く話してくれなかったの。私たち、いろいろ君に聞いたよね？」

未咲希は半ば怒るように羅来留を責めた。

「君たちにも精霊の声は届かなかった。君たちは信じない。君たちが信じなければそれですべて終わってしまう。自分たちで答えを見つけなければ、君たちは精霊たちの声を聞くことはできなかった」

「そんなの話してみなければわからないじゃない」

「わかっていたんだ」

「どうして？」

「楡の精霊がそう教えてくれた」

「チキサニ？」

「違う。チキサニは神の国へ帰った。教えたのは町を見下ろした楡の木の精霊」

「学校の？」

羅来留は頷いた。

「村のみんなをここへ集めるといっても、どうすればいいんだ？」

まず、榊谷の屋敷へ行き、正太郎に会って話すように羅来留は告げた。

「初めて見る俺たちのことを信じてもらえるのか？」

誰もが抱く不安を拓也が口にした。

「心配ない。精霊たちが守ってくれる」

「君が話したほうがわかってもらえるんじゃないの？　友達だったんでしょう」

未咲希の言葉に羅来留は首を振って俯いた。

「彼らにはもう、僕の声は届かない」

羅来留の声が哀しく響いた。

「僕は、僕はもう、ここにはいられない。帰る時が近づいている」

「どこへ帰るの？」

羅来留は黙って楡の木の上に広がる空を見上げた。

琳太郎は戸惑った。正太郎に何をどう話せばいいのかわからなかった。村の人たちに、自分たちの姿がはたして見えるのだろうか。

「君たちの姿は見える」

琳太郎が考えていたことがわかっているような返事だった。

「あとは精霊たちが教えてくれる。彼らの声を聞いて」

「精霊の声を？」

精霊の声を聞けるのかという心配を先読みしたように羅来留は話す。

「君たちはもう、たくさんの精霊たちの声を聞いている」

「どういうこと?」

「君たちは精霊の声が届くように導かれ、磨かれてきた」

三人はどういうことなのか考えていた。精霊の声を聞いた覚えはない。

「デジャヴ」

羅来留の言葉に一瞬息が止まった。

「えっ」

確かにデジャヴは何度も三人を襲ってきた。特に日向山の北側に出た時には一層激しくなった。

あれが——。

「そう、あれも精霊の声」

戸惑う三人に彼は続けた。

「時空の精霊とも」

時空の精霊とは何だろうか。もしかしたら、日那多神社の楡の木の下で語りかけてきた声の主がそうなのだろうか。

羅来留を見ると、彼はやはり黙って頷いた。

「それと、僕……」

何かを言いかけた羅来留はそこで次の言葉を飲み込んだ。

「もうすぐだ。急いで。時間がない。榊谷の屋敷へ」

三人は雨に煙った丘の上に目を向けた。正太郎の家が霞んで見える。

榊谷の屋敷へ、と羅来留の声が頭の中で繰り返されていた。

再び楡の木の下に視線を戻した時、すでにそこには羅来留の姿はなかった。まるで楡の木に吸い込まれてしまったかのように消えてしまっていた。

「羅来留！」

呼んでみても声は返ってこない。

「どういうこと？　私たちに何ができるというの」

未咲希が戸惑っている。

「行こう。何ができるかじゃない、何をやるかだ。ここには俺たちにつながっている人たちがいる」

石段を下り始めた琳太郎にあとから二人もついてくる。見下ろす日影村は雨に煙ってくすんで見える。三人が生まれ育った故郷とは似ても似つかない風景だ。

降っている雨は止む気配を見せなかった。それどころか、三人を叩くようにますます激しくなっていった。

集落に入ると濡れながら歩く三人を見て、村人が家の戸口から声をかけた。

「そんなに濡れちまって。ちょっと待っておくんなさい」

三人を軒下に招き、雨宿りをさせながら蓑と笠を出してきた。

「どこまで行きなさるんで」

「榊谷の屋敷まで」

「そう遠くはないがこの雨じゃ。これを使っておくんなせ」

三人の姿を見ても不審な顔をしない。違和感もないようだ。琳太郎たちは丁寧に礼を述べ、渡された蓑と笠をかぶって再び雨の中に飛び出した。

村外れのキヨの家の前まで来ると、未咲希が立ち止まって中をうかがった。家の中はひっそりとして人気《ひとけ》がない。

「未咲希、どうした？」

拓也の声に何でもないと答え、また歩き出した。

橋のたもとまで来て、時間がないという羅来留の言葉を思い出す。

川が増水して今にも橋桁が濁流に呑み込まれそうだった。あんなに穏やかな川だったのにと琳太郎は以前来た時の流れを思い出していた。

榊谷の屋敷の入口で戸を叩くと中から若い女の声がして戸が引かれた。

「どちら様で？」

戸を引いた女は未咲希よりかなり歳上のようだ。

「お美代、どなただね」

奥から若い男の声がした。

「旦那様、旅のお方かと。雨でびっしょりになられて」

「いいから、まずは入ってもらいなさい」

そう言われた女は三人を土間へ招き入れた。

奥から男が出てきた。歳を経てずいぶん落ち着いた姿ではあったが、それは間違いなく正太郎だった。あの時は頼りなさげだった正太郎も、今ではこの村にどっしりと根を張った立派な当主になっているようだ。

「さあ、蓑と笠をとって囲炉裏の側へお上がりなさい」

奥では小さい子供が寝ている。正太郎の子だろうか。そうだとすると、戸を開けたのは正太郎の妻なのだろう。

「急いでいるので、このままで」

中へ上がるのを断って、琳太郎は蓑と笠をとった。

ここでもやはり、その姿に驚かれることはなかった。拓也も琳太郎にならって蓑笠を外して頭を下げた。

「この雨じゃ、ここまで来るのに大変だったでしょう」

「下の橋は川の増水で今にも飲まれそうでした」

琳太郎が見てきたことを伝えた。

「実はお願いがあって来ました」

その時、正太郎から、あっと声が漏れた。未咲希が笠をとったのだ。

「お前は……」

「違います。キヨさんではありません」

正太郎が驚いたわけを未咲希はすぐに理解できた。

羅来留と同じことをしている。羅来留が自分たちの考えを先読みしたことに驚いていたが、自分も同じことをしているではないか。

「あなたは、キヨを？」

「知っています。今は篠屋の女将さんとして幸せに暮らしています」

正太郎を安心させるために、たぶんそうに違いないと思うこと、いや、思いたいことを未咲希は告げた。

「そうか。それはよかった。本当によかった」

しみじみとかみしめるように正太郎は呟いた。

「それで、仙蔵は」

仙蔵はこの村に戻っていないのだと、この時拓也は悟った。

「仙蔵さんは、今は篠屋で働いています」

拓也もたぶんそうであってほしいという願いを告げた。

「篠屋で？　では、ずっとキヨを」

「はい。キヨさんの側でキヨさんを助けて奉公しています」

「そうですか。安心しました」

肩の力を抜いた正太郎の目に涙が光ったように見えた。

未咲希や拓也が正太郎の思いを感じ取りながら先読みする姿を見て、同じだと琳太郎も思った。自分たちの思いを先読みして話していた羅来留と自分たちは同じことをしているのだと。

これが精霊の声？

音としての声を聞くことはないけれど、心の中に感じるものがある。それが精霊の声だというのだろうか。

「で、願いとは」

正太郎が尋ねた。

琳太郎は何から話したらいいのか、迷っていた。その時、頭の中に羅来留がまだ小さい正太郎たちの前でイノシシを追い払っている様子や川からキヨを引き上げる姿が浮かんできた。デジャヴのように曖昧なものではない。もっとはっきりとしたイメージだ。

「俺たちは羅来留に頼まれてここへ来ました」

「ラクル？」

正太郎はそれが誰なのかを思い出そうとしているようだ。

「正太郎さんたちは小さい頃、一緒に遊んだんじゃないですか」

それでも思い出せないのか、正太郎は首をひねっている。

「イノシシを追い払ってくれましたよね。キヨさんを川から助けてくれましたよね。友達ですよね」

琳太郎は頭の中に浮かんだことを一息に言葉にした。

「あっ、ああ。ラクル」

正太郎はハッとした。

「確かに、私たちは彼に何度も助けられた。彼は私たちが危ない時いつも側にいて助けてくれたんだ」

「そう、俺たちも彼に助けられました。その羅来留に頼まれてここへ来たんです」

そう言うと正太郎の顔がギュッと引き締まった。

「それは何か危ないことが迫っているということですか」

「そうです。しかもあまり時間がありません」

拓也の言葉は鬼気迫るものを感じさせた。

琳太郎が急いで説明をする。

「さっき話したように降り続く雨で川が増水して溢れそうです。すぐに山が崩れて土砂が村を埋めてしまうと羅来留は言っていました。その前に、村のみんなを日加祁神社の高台に避難させてほしいと。村の人たちを守りたいと」

「彼は今、どこに？」

「わかりません。それだけ告げるといなくなってしまいました。でも、彼は帰らなければならないとも言いました」

「モリシに」

正太郎は思い出したというようにそう呟いた。それがどこにあるのかわからなかったが、いつかモリシに帰らなければならないと羅来留は言っていたことがあったのだ。

「わかりました。すぐに村人に伝えましょう。でも、人手が足りない。あなたたちも手伝ってもらえますか」

「もちろんです」

正太郎は美代に必要な物をまとめ、両親の位牌を持ってオヒカゲ様に登るように告げた。

「旦那様、弥太郎はどうしますか」

美代が幼い子供の心配をした。

「大変だろうが背負っていってくれ。私は村のみんなが避難したのを確かめてから神社へ向かうから」

美代はすぐに荷物をまとめ始めた。

「あなたたちは村へ下りて、村人に必要な物をまとめてすぐにオヒカゲ様に登るように伝えてください。榊谷の正太郎に頼まれたといえばみんな従ってくれるでしょう」

「正太郎さんたちも急いでください。橋が流されたら逃げられなくなる」

「わかりました。お美代と弥太郎に橋を渡らせたら私も向かいます。あなた方は一足先にお願いします」

三人は蓑笠を付けて雨の中を走った。

雨はさらに激しさを増している。橋は濁流に耐えきれず今にも流されそうなくらい揺れていた。

「行くしかないな。未咲希、渡れるか」

「なんとかやってみる。渡らなければ助からないし」

琳太郎が先頭になって橋を渡る。未咲希の手をとった拓也がそのあとに続いた。

「正太郎さんたち、渡れるかな」

橋を渡り終えて、未咲希が心配しながら振り返った。家から出てくる正太郎たちが見える。

「とにかく、俺たちは村の人たちに」

「うん」

三人は手分けをして村の家々を回り、逃げるように伝えた。榊谷の正太郎からの伝言だと言うと誰一人疑いもせず避難の準備を始めるのだった。

「この村は信頼で結ばれている」

家々に声をかけながら琳太郎は思った。この信頼はどこから来ているのだろう。

弥太郎を背負った美代が琳太郎を追い越し、家を出た村人に注意を促しながら神社に向かって避難していく。

「慌てないで。まだ大丈夫だから。転んで怪我をしたらそれこそ大変」

「奥様、ありがとうございます。旦那様は大丈夫じゃろかの」

「旦那様は村のみんなが避難したのを確かめてから向かいます」

「坊ちゃん、雨に濡れてかわいそうに。風邪など引かんとよいがの」

「弥太郎は榊谷の子です。このぐらいの雨に濡れることなど何でもありません。覚悟の上です」

美代は気丈に村人たちを励ましていた。

正太郎は一軒一軒の家をのぞき、残っている村人がいないか確認しながら神社に向かっている。

未咲希は来る時から気になっていたキヨの家の戸を開けた。中には誰もいなかった。ずいぶん長い間人が住んでいないようだ。空気が冷え冷えとしている。

キヨの両親はどうしたのだろう――。

そう思いながら、確かめる暇もなく、隣の家に向かった。

川の上流で不気味な音がした。鈍い音を残して橋が濁流に飲まれていく。土砂と一緒に流された倒木が橋脚にぶつかり橋をさらっていったのだ。

二十軒ほどの小さな村の避難にはそれほど時間はかからなかった。


神社の石段を上っていると、すべての家を確認した正太郎が追いついてきた。

「ありがとうございました。私だけではこんなに早く村人を避難させることはできなかった」

「お役に立てたならうれしいです」

未咲希が返した。

「それにしても」

正太郎は未咲希の顔をじっと見つめた。

「生き写しとはこのことだ」

未咲希はただ微笑み返すだけだった。

境内にはすべての村人がわずかな荷物を持って集まり、村を見下ろしていた。泣いている赤ん坊をあやす母親もいた。川が溢れ、濁流が村の中まで上がってきている。

「ああああ。だめだこりゃ。もう、村には帰れねえ」

そんな嘆き声が聞こえる。

「そんなことぉ。命があっただけでもめっけもんだあ」

川の上流でまた、地を揺るがすような音がした。先ほどの音よりかなり激しい響きだった。

「うあっ」

川の上流を見ていた村人が声を上げた。

濁流と一緒にたくさんの土砂が村へと流れ込んで来るのが見えた。土砂は村の家々を呑み込み、さらに下流へ流れて行く。そのあともまた、流れ込んでさらに土砂を厚くした。村を囲む山も至る所で崩れ始めている。最後に高台にあった正太郎の屋敷が跡形もなく埋まり、村は消滅した。

すすり泣く声が聞こえる。

「わしら、これからどうすればええんかのう」

村人たちは途方に暮れていた。

一人の若者が正太郎の横に立った。

「旦那さん、どうして村が埋まるとわかったんかの」

正太郎は少し考えていたが、はっきりと答えた。

「精霊かな。精霊が教えてくれたんだ」

「そうか。精霊かあ。しばらく会っとらんかったの」

「私もだよ」

正太郎は境内に立つ楡の木を見上げた。

「子供の頃には私たちにも聞こえていたんですよ」

楡の木を正太郎は愛おしそうにさすっている。

「精霊たちの声がね」

弥太郎を抱いた美代が正太郎に寄り添った。

「子供だった頃、自分たちの周りにはいつも精霊がいたんです。守られていると感じていたんです」

「羅来留、ですか？」

「ええ。危ない時にはいつも守ってくれた。彼だけではありません。森の中にも、村にも、川にも。どこにでも精霊はいた」

正太郎は遠い昔を思い出すように雨が落ちてくる空を見上げた。

雨は少し小降りになったようだ。三人は何も言わずに正太郎を見つめていた。

「いつからでしょうか。精霊たちの声が聞こえなくなったのは。この神社の祭りもいつの間にか途絶え、供物も上がらなくなってしまった」

日加祁神社の社に目をやった。

「それでも、村人は何かあると時々手を合わせに来てはいたんです。それがあったから今回も私たちを救ってくれたのかもしれません」

羅来留はこの神社の神だったのだろうか。琳太郎はそんな気がして正太郎に尋ねた。

「それはわかりません。でもそうではないと思います。帰らなくてはならないと彼は言ったそうですね。昔からいつか帰る時が来ると言っていました。彼が帰るのは神の世界、神のモリシなのです。神のモリシは、精霊たちが神に戻って帰る場所です」

「オヒカゲ様は精霊ではないと？」

拓也が尋ねた。

「はい。オヒカゲ様はここの精霊たちを統《す》べています」

未咲希には神や精霊や羅来留の存在がうまく整理できなかった。でも、それでいいのだと思った。この世界は科学的な論理だけで理解できることばかりではない。むしろ、混沌としていてわからないことや神秘的なこと、筋道を立てて説明できないことのほうが多いのだと今は素直に思えるのだった。

「今回の土砂崩れや土石流は上流で大量に森を伐採したから起こったものです」

「山の木を切り出したんですか」

「そうです。精霊の声が聞き取れなくなった我々が起こしたのです」

「私たちは神や精霊たちと共に生きてきたことを忘れてしまっていた」

正太郎の声は悲しげに響いた。

すっかり埋まってしまった日影村をもう一度眺めた。

今は土砂で赤茶色くただれているが、やがてあの上にも緑が芽を出し、木々が生い茂るのだ。

琳太郎たちはその姿をこの目で見ている。自然は一度壊れても、長い年月をかけてまた再生する。人はそれを静かに見守ることしかできないのかもしれない。精霊たちが戻ってくるまで。

「みんな、聞いてくれ」

正太郎が声を上げた。村人たちが周りに集まってくる。

「いつまでもここにいるわけにはいかない。私は日向村の篠屋を頼ろうと思う。頼る当てがある者はそちらを頼ってくれ。当てのないものは私たちと一緒に日向村を頼ろう」

周りでざわざわと話が始まった。どうするか相談をしているのだろう。

「もう少し聞いてくれ」

声が静まると正太郎は続けた。

「ここにわずかだが蓄えがある」

そう言って巾着袋を掲げた。

「屋敷から持ち出してきたものだ。これから、みんなに分けるで当面の費《つい》えにしてくれ」

村人を社の前に並ばせて、正太郎は蓄えを配った。わずかな人数なのであまり時間はかからない。

それが終わると社の前に立ち上がり、再び正太郎は村人たちに叫んだ。

「峠まではみんなで行こう。そこからは日向、荒谷《あらだに》、大戸《おおど》、それぞれの道を選ぶがいい。だが村に戻ってはならん。見てのとおりだ。日影はもうない。これから先、何が起こるかわからないからな」

「へい」

村人たちは一斉に返事をした。

「峠には利吉の茶屋があるで、腹が減った者はそこで飯を食え。疲れた者は泊めてもらえ。別れて暮らしていても我らは日影の一族だ。強く生きていこう。困ったら日向村にいる榊谷を訪ねてこい。なんとか力になるでな」

村人を思いやる立派な姿だった。

自分たちの行く末も見えないのに正太郎は村人のことを最優先に考えている。さっき感じた日影村の人たちの信頼の理由がここにあると思った。

正太郎は三人を見て頷くと社の中から石版を持ち出してきた。

「お世話になりました。みんなの命を救ってもらい、感謝してもしきれませんが、私たちはこれで行きます」

持ってきた布で丁寧にくるんだ御神体を正太郎は大事そうに胸に抱えた。

「気をつけて」

三人はそれぞれ別れを告げた。

最後に正太郎が琳太郎に近寄って耳元で尋ねた。

「あなたたちも彼の、ラクルのお仲間ですね。精霊ですか」

「精霊ではありません。でも声を聞くことはできるようになったようです」

「そうですか。それは何ともうらやましい」

にこっと微笑んで正太郎は村人たちに大きな声をかけた。

「さあ、行こう」

三人はその姿が見えなくなるまで見送っていた。

「ねえ、これで終わったのかな」

未咲希が振り向いた。

「そうだな。終わったのかもしれないな」

拓也がそれに答えた。

「みんな無事に生きていけるのかなあ」

未咲希が心配そうな目を琳太郎と拓也に向ける。

「少なくとも日向村に移った人たちはね」

「どうしてわかるの？」

「だって、俺たちがここにいるじゃないか」

琳太郎が胸を張った。

「あ、そっか。うん、そうだよね」

「あとから日向村に移り住んでオヒカゲ様を信仰した人たちもいたみたいだし」

日加祁神社合祀縁起にそう書いてあったことを拓也は覚えていた。

「正太郎さん、御神体を持って行ったからね」

「さて、俺たちも元の世界へ帰ろうか」

「そうだね」

「でも、どうやって？」

「え？」

「羅来留は？」

「帰ったんだろう、モリシへ」

そうは言ってもどこかにいるのではないだろうかと思い、辺りを見まわした。あの時みたいにふらっと立っているのではないかと。けれど、どんなに目を凝らして探しても、羅来留の姿は見あたらなかった。

「おい、どうすりゃいいんだ」

拓也が泣きそうな声を出した。

「社の中！」

未咲希は社に走り寄り中に入ったが、そこは板壁に囲まれた狭い空間だった。

「御神体、正太郎さんが持って行ってしまったからな」

琳太郎も未咲希も拓也も途方に暮れた。

その時だった。サーッと風が流れ、三人はどこからか声を聞いたような気がした。

――精霊に聞け。

「精霊に？」

「そうか。私たちにはもう、精霊の声が聞こえるんだ」

三人はそろって目を閉じ、耳を澄ませ集中した。

風が自分たちの背中を押し、社の裏の斜面に抜けていった。

「こっちだ」

琳太郎の声に未咲希と拓也も頷き、風が抜けたほうへ歩いて登った。道はまだ見えない。時々立ち止まっては目を閉じ、耳を澄ます。そういえば羅来留も同じようなことをしていたなと思い出した。

再び風が背中を押し、吹き抜けてゆく。そのあとを追うように登っていく。

そんなことを繰り返しているうちに、うっすらと足下に道が見えてきた。それをたどって上へ上へと登る。いつの間にか雨はすっかり上がり、青空が広がっていた。

いや、雨が上がったのではない。もともと降っていなかったのだ。その証拠に、地面も草木もまったく濡れていなかった。

日向山の山頂は乾いた風が吹き抜けている。三人は振り返らずに下山道をたどった。振り返っても、そこに、今、登ってきた道がないことはわかっていたから。

夏の終わりの午後の太陽が西の空に大きく傾いていた。

# エピローグ

琳太郎は電車を降りて待ち合わせの場所に急いでいた。

暗くなった空には六月の満月が輝いている。

「今年のストロベリームーンも赤くないな」

当たり前だと思いながら、琳太郎は三人で見たあの年の満月を思い出していた。

二十歳を過ぎて、久しぶりに未咲希と拓也と待ち合わせているのは小さな居酒屋だ。未咲希の大学の最寄り駅から歩いて十五分ほどの所にある店だった。三人はそれぞれ別々の大学へ進学をし、生まれた町を離れてからも、持ち回りで幹事をしながら毎年二回ほど顔を合わせている。今回の幹事は未咲希だった。

待ち合わせの時間をだいぶ過ぎてしまった。未咲希が怒っているだろうな。

高校三年の夏休みが終わって登校すると、琳太郎の隣の席は空いたままだった。羅来留はどうしたのだろうと思った。

「山辺はどうしたんだろう」

クラスメートに尋ねるとみんながみんな、不審な顔をして琳太郎を見つめる。

「誰だって？」

「山辺羅来留だよ。俺の隣の」

「変な名前だな。そんな奴、知らねえぞ」

「お前の隣の席は四月からずっと空いたままだっただろ」

みんなの表情がだんだんと琳太郎を哀れむように変わっていく。

「大丈夫か」

「お前、休み中に何かあったのか。頭を打ったとか」

「熱があるんじゃね？」

そう言って、琳太郎の額に手を当てる者もいた。琳太郎はその手を振り払って未咲希と目を合わせた。未咲希は首を振って琳太郎に手招きする。

「彼のこと話しちゃだめだよ。みんなの記憶からは消えている」

廊下で耳打ちをされた。

そうだったのかと納得した。今、自分はクラスの中でおかしな奴になっているはずだ。

「拓也はどうなんだ」

「さっき、話してきたけどしっかりと覚えていたわ」

「そうか。俺たち三人は特別だからな」

琳太郎と未咲希は微笑み合った。

「葉月さんはどうなんだろう」

日影村の人たちを避難させたことや、その結末を、葉月さんにはまだ報告していない。すぐにでも知らせたかったのだが、これまで手をつけていなかった受験のことや、休み中にやっておかなければならないことが山積みになっていてそれに追われていたのだ。

三人は焦りながらもうまく手分けをして、なんとかそれを片付け新学期を迎えることができた。

ようやく、一段落ついた頃、葉月さんに報告しようということになったのは、学校が始まって数日経ってからのことだ。

三人で分室に葉月さんを訪ねた。

「日影村のことですけど」

未咲希が恐る恐る話を切り出した。

「日影村？　それ、どこにある村なの？」

三人は顔を見合わせ肩を落とした。その一言で葉月さんの記憶からも消え去っていることがわかったのだ。

彼女の記憶に残っていることは何もないのだろうか。少しでも残っていることがあるならそれを知りたかった。

「うちの蔵から出てきた書き付けですけど……」

今度は琳太郎が探りを入れてみた。

「ああ、日加祁神社合祀縁起ね。あれは、貴重な物が見つかったよね」

葉月さんは眼鏡を外してハンカチで拭いた。

どうやらすべてを忘れているわけではないらしい。たぶん、向こうの世界のことや、羅来留のことは記憶から抜け落ちてしまっているのだろう。

「あの縁起をもう少し調べてね、町史に別冊で付け加えようかという話も出ているんだよ」

「そうなんですね」

未咲希の力ない声。

葉月さんの記憶に残っていたら、話したいことはいくらでもあった。そうしたらたぶん、目をキラキラさせながら聞いてくれたに違いない。

最後まで疑問だった、特別な三人に課せられたこと。それが日影村の人々を救うことだったと報告したかった。自分たちは村の人たちを避難させることができたと伝えたかった。そして、精霊の声が聞こえるようになったと。

今の彼女に説明するとなると、これから長い時間をかけて初めからすべて話さなければならない。たとえそうやって説明したとしても、たぶん信じてはもらえないだろう。

あまりにも奇妙な体験すぎる。

でも、あれは夢でも幻でもない。三人の記憶の中にはしっかりと焼き付いて残っているのだ。それ以来、日影村のことは三人だけの秘密にして封印した。誰も知らない歴史を知っている、そしてそこに自分たちが深く関わっているという、昔、日那多神社を秘密基地にして遊んでいた頃のような高揚感が戻ってくる。

受験勉強に励みながら、疲れた時には声をかけ合って、三人で校門脇の楡の木の下に座り話すのだった。

羅来留は今頃どうしているのかと。

三月末、進学先も決まり卒業式も終えた三人は、日那多神社の石段を上っていた。

「ねえ、あれからずっと考えていたんだけど」

未咲希が話し始めた。

「うん」

琳太郎も拓也も、何を考えていたのか、とは問わなかった。聞かなくてもわかっていた。未咲希の思いが心に伝わってくる。精霊の言葉が伝わってきた時と同じように。

「俺も同じことを考えていた。たぶん」

拓也に未咲希が笑顔を向ける。

「俺たちが特別なのは日影村の人たちを救うためだけじゃなかったんだな」

「そうだね」

琳太郎に未咲希が頷いた。

「私ね、あの頃本気で考えていたんだ。この町を離れたくないって」

「俺もだ」

拓也も思いを打ち明けた。

「でもそれって、やっぱり、琳や拓がいなければだめなんだ」

「ああ、俺も未咲希や拓とこの町でずっと暮らしていられればいいなと思っていた」

「同じだな。日影村の三人と」

日影村で幼なじみの別れを見てきた拓也は、あの場面がなぜ涙を拭わなければならないほど悲しかったのか、今ならわかる気がした。同じだったのだ。やがてこの町を出て、それぞれの道を歩み出さなければならない自分たちの境遇とまったく同じだったのだ。あえて考えないように胸の奥底に秘めておいた思いと、日影村の三人の思いが、図らずも重なってしまった。あの時は気付きもしなかったが、それもあらかじめ敷かれていた道筋だったのかもしれない。

どんなに望んでも時は止まらない。そのことを知ってしまった。いや、初めからわかっていたのだ。わからないふりをしながら過ごしていた三人に日影村の幼なじみの別離はそのことを鋭く突きつけたのだ。

未咲希がいきなり階段をかけ上がる。

「突然走り出して、あいつ、どうしたんだ」

戸惑う拓也と共に、琳太郎は肩を並べてゆっくりと階段を上っていく。

「なあ、琳、俺な、昔からわかっていたんだ」

「何が？」

「未咲希は俺じゃなくてお前に気があるっていうこと」

琳太郎は言葉を返せなかった。

「それでもいいと思っているよ。お前なら」

拓也は続ける。それを知りながら、こいつはあえて道化を演じていたのかと、琳太郎は今になって気づかされた。

「拓、俺はずっと三人でいたい。これまでのように三人で泣いたり笑ったり怒ったりしていたい」

「そうできればいいけどな。でも時が経てばいずれはそうもいかなくなる。だから、俺はお前に伝えておきたかったんだ。思っていることを。琳なら俺は許せるよ」

拓也の言葉は普段の彼からは考えられないほど重かった。琳太郎は自分の思っていることをどうやって伝えようかと考えた。

「だったら、その時が来るまでこれまでの三人でいいじゃないか」

しばし沈黙が二人を包んだ。

「ああ、そうだな」

やがて拓也はそう答えて小さく笑った。

「琳太郎はやっぱり琳太郎だな。一歩が踏み出せない」

拓也が琳太郎の肩を叩く。

「おそい！」

石段の上から未咲希の大きな声。

「お、シカンナが落ちてきたぞ」

二人は顔を見合わせて笑い、階段をかけ上る。

石段の上に並んで三人は町を見下ろした。春の陽ざしが辺りを明るく包み込んでいる。日影村で感じた暗さはない。あちらこちらに白い辛夷の花が輝き、桜も咲き始めていた。

「この町が好きだあ！」

拓也が大声で叫んだ。

「私も好き！」

未咲希も両手を口に添えて叫ぶ。

「三人がいるこの町が好きだぞぉ！」

琳太郎が叫んだ時、川で遊ぶ正太郎とキヨと仙蔵、そしてその三人を見つめる羅来留の姿が心の中に流れ込んできた。

「見えた？」

未咲希と拓也に目を向けると二人の笑顔が輝いていた。

「立ち止まってはいられないね」

「羅来留は俺たちにそれを伝えたかったのかもしれない」

「私たちが特別なんかじゃない世界が来ることを願っているのかもしれないよ」

「ああ。みんなが精霊を感じながら生きていける世界……」

「そうだね。どうやら私たちは羅来留に大きな宿題を出されたみたいだね」

三人は顔を見合わせて頷いた。


あの夏から二年が過ぎようとしている。

未咲希はあれから、民俗学に俄然興味を持ち、大学でその研究をしていた。やがてはあの夏のことをしっかりと解き明かし、日向町の歴史に新たなページを加えると息巻いてはいるが、これから先のことはどうなるかわからない。

拓也は相変わらず柔道に明け暮れている。オリンピックの代表とまではいかないが、大学の中ではまあまあの成績を残すようになっていた。

そして琳太郎は心理学を専攻していた。将来のことはあまり考えていないが、あの夏の自分たちの心理を客観的に分析してみたかったのだ。そして、いつかあの出来事に遭遇した自分たちのことを本にまとめてみたいと思っていた。当然、未咲希や拓也の力も大いに借りることになるだろう。その時は、あの夏のように切ない思いを胸にしながらも、わくわくした時間を、また、過ごせるに違いない。

琳太郎は店の戸を開けた。

未咲希と拓也は奥のテーブルで生ビールのジョッキに口をつけながら話し込んでいる。

「わるい、遅くなった。ストロベリームーンがあまりにもきれいだったから」

とってつけたような言いわけをしながら、先に来ていた二人に手を合わせて謝った。

「おっ、今日はそうなのか」

拓也は立ち上がって店の入口まで行き、空を眺めてから戻ってきた。

「やっぱり赤くないや」

「いつまで経っても成長しないよね。ま、だから人間の一歩手前って言われるんだよ」

「誰に？」

「私に」

未咲希は拓也に笑いかけ、そのあと、琳太郎に向かって不満をぶつけてきた。

「琳、来るの遅いっ。拓と二人だけだと私、口説かれちゃうんだから」

「そりゃ、困るなあ」

琳太郎はわざとおどけて見せた。

「あれ、俺が未咲希を口説くと琳は困るのか？」

拓也がニヤニヤしながら琳太郎に目を向ける。

「まあ、なんだ、幼なじみの三人だからな。どちらかが未咲希とくっつくと、もう一方が寂しくなるだろう」

琳太郎は拓也に片目をつむって見せた。

「ハア、わかったわかった。じゃ、私はずっと民俗学が恋人でいいよ」

小さくため息をついて未咲希は投げやりに言った。

「ああ、あ。だめだこりゃ。未咲希は一生、一人者だな」

拓也が笑った。

「そうね。身も心も研究に捧げるの。そうでないと琳も拓も悲しむからね」

「そうか。それならいつまでも三人一緒でいられるな」

拓也の言葉に彼女も琳太郎も大声を出して笑い合った。

「生《なま》でいいよな」

琳太郎が頷くとすぐに拓也が大声を上げる。

「生中《なまちゅう》一つ！」

「あいよ、生中一丁！」

威勢のいい店主の声が返ってきた。

「私さあ、今、河童伝説について調べてるんだよね」

いくらか酔いが回ってきた頃、未咲希が自分の研究について語り出した。

「昔、おばあちゃんに、うちの先祖が河童に助けられたって言われたんだけどさ」

「ばあさんが見てたわけじゃないよね」

「そうなんだけどね。日影村で昔、羅来留が川に流されるキヨさんを助けたでしょう」

「お屋敷で村の人たちを避難させてほしいと願った時、俺の頭の中にその場面が突然浮かんだんだ。これを伝えれば信じてもらえると思った。これが羅来留の言う精霊の声なのかなって」

「私にもその場面が浮かんできたよ」

「ああ、俺もだ。正太郎さんも思い出したみたいだったな」

拓也もあの時のことを振り返っていた。

「それで河童に助けられたうちの先祖って、キヨさんだったんじゃないのかなってピンときたのよ」

「じゃあ、羅来留は河童ってことか？　あいつはどう見ても河童じゃないだろ。髪はそれっぽかったけど頭に皿がなかったし」

想像もできないと拓也が声を上げた。

「ううん。そうじゃないの。確かに羅来留が助けたけど、それが時代を超えて語り継がれているうちに河童に変化したんじゃないかって思うんだよね。大学で学んでわかったんだけど、もともと河童などの妖怪に姿や形はなかったの。不思議な説明のできない出来事を妖怪の仕業にしていたのよ。その頃は、妖怪って、姿が見えない現象のことを言ってたみたい。それがあとの時代になって次第に妖怪画などのように造形化されて、目に見える形での妖怪像ができあがっていったんだって」

「なるほどな」

「いつか、琳が言っていたじゃない。子供の頃、登山口で突然前に進めなくなったことがあったって。あれも『ぬりかべ』といわれる妖怪現象だけど、今、その名前を聞くと大きな一枚壁の妖怪を思い出すでしょう。あれだって目に見えない不思議な現象を、のちに造形化したものらしいの」

「そういうことはあるかもなあ」

あの夏を経験して未咲希は変わったと思った。

何もかも理屈で説明がつかなければ気が済まなかったのに、あの出来事以来、目に見えない物や神秘的な物、霊的な物にまで心を寄せることができるようになった。

以前は、理系の大学に進学するのだろうとばかり思っていた。それがなんと、今は民俗学を研究しているのだ。伝説や言い伝え、妖怪から霊的な現象まで科学で説明のできないことのオンパレードだ。しかも、それを切り捨てるのではなく、論理的に解明しようとまでしている。

「何だか、未咲希は怪異と論理のハイブリッドに進化しているんじゃね？」

拓也の言うことは言葉足らずだが、言わんとすることは琳太郎の胸にもすとんと落ちてくる。

「だァ・かァ・らァ、さあ」

未咲希の呂律がかなり回らなくなってきている。

「うちのォ、祖先を助けたァ河童はァ、ラ・ク・ルってことなのォ」


今でもたまに考えることがある。山辺羅来留とは何者だったのだろう。彼は時空を自由に行ったり来たりしていた。危なくなるとみんなを助けに来た。あの時も日影村の人たちを助けるために三人の前に現れたのだ。

羅来留も精霊だったのかもしれないと今になると思う。

羅来留の言いたいことが理解できるようになるということは、精霊の声を聞くことができるということだったのではないだろうか。

日影村の人たちを救ってほしいと願った羅来留は、三人は精霊の声が聞けるように磨かれたと言った。時空の精霊の声も聞いたと言った。

最後に、それと僕……と言葉を濁した。

あのあとに続く言葉は何だったのだろうか。もしかしたら、「僕の声も聞くことができる」と言いたかったのではないだろうか。

やはり羅来留は精霊だったのだ。

日加祁神社での別れ際に正太郎に尋ねられた。あなたたちは精霊かと。あの時は否定したが、別の世界から村人を救いに現れた自分たちは、あの世界では精霊だったのかもしれないとあとになって考えることもある。

正太郎は、子供の頃聞こえていた精霊の声が大人になって聞こえなくなった、神や精霊と共に生きてきたことを忘れてしまったと言っていた。

反対に琳太郎たち三人は羅来留に導かれ、聞こえなかった精霊の声が聞こえるようになった。ならば、これからでも遅くはない。誰もが精霊の声を聞くことができるように自分を磨くことができるはずだ。その意思さえあれば。

「自分たちが特別でない世界」

「精霊たちと生きる世界」

そんな世界がいつか来るだろうか。


「おい、琳太郎、私の話を聞いてんのかァ」

未咲希が口を尖らせた。

「おっ、未咲希ちゃん、怒った顔もかわいいねえ。俺と一緒に月を見てみない？」

拓也は体は重くなったのに、口はますます軽くなったようだ。だが、彼の心の内を琳太郎は知っている。

「ばかァ。軽すぎィ。言ったでしょ。私の恋人はみ、ん、ぞ、く、が、く、だぁって」

未咲希がトロンとした目で拓也を睨んだ。

そんな二人を見て、琳太郎は何ともいえないおかしさと喜びがこみ上げてきていた。故郷を離れた今も、幼なじみの三人はつながっている。精霊の声のように、お互いの心の声が聞こえるのだから。


この星は何かに侵されている。

ここ数年の大雨による河川の氾濫や土砂崩れ、熱波、火山の噴火、地震など世界各地の異常気象や災害は、精霊の声を聞く耳を失った人々がもたらしたものだ。

精霊のいた夏を過ごしてきた今、榊谷琳太郎は確信を持ってそう言うことができるのだった。

著者プロフィール
**藤堂 良**（とうどう りょう）
1958年埼玉県生まれ、在住。
琉球大学教育学部卒業。
小学校教員を定年退職後、執筆活動に入る。

**ストロベリームーン** —精霊のいた夏—

2021年10月15日　初版第１刷発行

著　者　藤堂 良
発行者　瓜谷 綱延
発行所　株式会社文芸社
〒160-0022　東京都新宿区新宿1－10－1
電話　03-5369-3060（代表）
03-5369-2299（販売）

印刷所　株式会社フクイン


ISBN978-4-286-22992-8